QUAND LA NUIT

Cristina Comencini est née en 1956 à Rome où elle fréquente le lycée français. Après des études de sciences économiques, elle rejoint son père, le réalisateur Luigi Comencini, en tant que coscénariste avant de tourner ses propres films. Grâce au soutien de l'écrivain Natalia Ginzburg, elle publie en 1991 son premier roman, *Les Pages arrachées* (Verdier, 1994). Suivront *Passion de famille* (Verdier, 1997), *Les Sœurs* (Verdier, 1999), *Matriochka* (Verdier, 2002) et *La Bête dans le cœur* (Denoël, 2007), œuvre qu'elle porte elle-même à l'écran et qui sera nommé dans la catégorie du meilleur film étranger aux Oscars 2006.

CRISTINA COMENCINI

Quand la nuit

ROMAN TRADUIT DE L'ITALIEN PAR JEAN BAISNÉE

GRASSET

Titre original :

QUANDO LA NOTTE
publié par Feltrinelli, 2009

© Giangiacomo Feltrinelli Editore Milano, 2009.
Publié avec l'accord de Susanna Zevi Agenzia Letteraria
pour le texte original.
© Grasset & Fasquelle, 2011, pour la traduction française.
ISBN : 978-2-253-16230-8 – 1re publication LGF

... Dieu transforma la côte qu'il avait prise à l'homme en une femme qu'il lui amena. L'homme s'écria : « Voici cette fois l'os de mes os et la chair de ma chair. Celle-ci on l'appellera femme, car c'est de l'homme qu'elle a été prise. » Aussi l'homme laisse son père et sa mère pour s'attacher à sa femme et ils deviennent une seule chair. Tous deux étaient nus et ils n'en avaient pas honte.

Genèse, 2

Parfois ce qui n'est pas révèle ce qui est – et on a la fiction.

Philippe Roth, *Exit le fantôme*

La nuit

1.

Le bifteck sur le feu, mieux vaut laisser la fenêtre ouverte. Des nuages bas sur la montagne du Géant, il pleut au refuge, mais demain il devrait faire beau. J'emmène les Allemands bivouaquer au sommet, espérons qu'ils sont aussi expérimentés qu'ils le disent. La seule difficulté, franchir la première paroi, ensuite c'est la vire et la dernière crevasse ne pose pas de problèmes. S'ils sont nuls, je m'en aperçois tout de suite et je les ramène du côté du couloir. Là ils peuvent prendre les chamois en photo et on s'arrête dans le bois pour manger.

La lumière est encore allumée à l'étage, elle va bientôt éteindre. Elle se couche avant moi, l'enfant la réveille dès l'aube. Ça ne me gêne pas, à cette heure-là je suis déjà réveillé. Elle promène son fils dans sa poussette sur la pente du pré, elle lui parle, lui raconte tout ce qu'ils font, comme s'il ne le voyait pas lui-même.

— On va voir les vaches et après on ira s'acheter un krapfen à la pâtisserie, qu'est-ce que tu en dis ?

Rien, le gamin ne dit rien. Je n'ai pas encore entendu le son de sa voix. Il n'a pleuré qu'une fois, un soir, il n'en finissait plus.

Luna ne parlait pas comme ça aux nôtres, elle les envoyait jouer tout seuls dans le pré. Elle avait raison, même si un jour Clara s'est cassé le bras en faisant du vélo et qu'elle est restée plâtrée pendant trois mois. Si on ne tombe jamais, on se tue la première fois que ça arrive, comme en montagne.

Merde, il est brûlé ! Je vais le manger quand même, de toute façon je n'ai pas faim et puis c'est meilleur comme ça. Ce soir, bifteck et pommes de terre, elles sont vieilles, il faut les manger. Luna ne chauffait jamais assez la plaque.

— Ça fait de la fumée.

Et alors, on ouvre la fenêtre.

— Il fait froid.

Demain je jette ses sabots. Je débarrasse la maison des affaires qu'elle n'a pas emportées. Les vases, les pots.

— A quoi ça te sert ? Le savon suffit bien.

Elle achetait des crèmes et les cachait dans le frigo. Pour les enfants, des crayons de couleur, des trousses, des jouets, des vêtements.

Une paire de souliers pour chaque saison, pas besoin de plus. On ne veut pas devenir comme les touristes qui viennent se promener l'été et skier l'hiver. Je les emmène en montagne, ils me posent tout de suite des questions sur le refuge et sur ce qu'il y aura à manger. Ils s'achètent des chaussures, des anoraks, alors qu'il fait une chaleur d'enfer et que le glacier fond un peu plus chaque année.

Au début, Luna était d'accord : les enfants sortent en T-shirt, un seul pull chacun. Du savon à lessive même pour les cheveux.

Demain je jette tout. Je ne voulais pas me marier, c'est elle qui a insisté. J'ai hésité un moment. Elle vit en ville, mais elle est belle et forte. Elle aime marcher et elle a fait des études. En montagne, elle ne parle pas. J'ai cédé. Mais j'ai été sincère, je lui ai dit comment je suis : je ne connais pas les femmes, ma mère nous a abandonnés petits, elle s'est sauvée avec un Américain. Je sais qu'elle s'est remariée, qu'elle a fait d'autres enfants en Amérique, mon père nous l'a dit, un jour.

On descend du refuge en chenillette pour aller à l'école. Dehors on ne distingue pas la neige du ciel, s'il tombe des flocons ou si la tempête souffle, on ne voit même pas les arbres. Albert est allé s'écraser contre eux avec son bobsleigh. Il arrivait à une vitesse folle. Je le regarde descendre.

Il veut se tuer.

Notre mère ne le laissait pas faire. Elle criait de sa fenêtre qu'il devait aller doucement, qu'elle avait peur. Maintenant elle n'est plus là, la peur non plus et Albert va s'écraser contre un arbre.

Mon père conduit en silence, comme tous les matins, et soudain il nous dit :

— Votre mère s'est remariée et elle a eu d'autres enfants. Si on vous pose des questions au village ou qu'on se moque de vous, répondez que vous êtes nés de votre père et de la Reine des neiges.

— C'est qui ?

Stefan est petit, il pose trop de questions. Mon père est patient, je ne l'ai jamais vu s'énerver sauf cette fois-là, mais je ne sais pas si j'ai rêvé ou si c'était vrai. Il répond à Stefan.

— C'est la Reine des neiges, elle habite dans les crevasses. Si un homme est seul, elle fond, fait un enfant avec lui, puis s'en retourne dans les glaces.

Luna a été ma Reine des neiges, maintenant elle est partie, comme ma mère. Sauf qu'elle a emmené les enfants avec elle.

Sans eux on travaille mieux. On bavarde un peu avec les clients en montant. Ils veulent des histoires d'accidents de montagne et des bonnes adresses de restaurants. Le soir, à la maison, je peux me taire, personne ne me pose de questions, je ne suis pas obligé d'écouter Luna raconter les ragots du village, fini le chahut des enfants. Ils viennent à la fin du mois. Le premier jour, je fiche dehors les valises qu'elle leur a préparées, je sors les chaussures de montagne, les tricots, les vieux collants. Rien d'autre tant qu'ils sont ici. Clara obéit. Simon est flemmard et déteste marcher, mais avec moi il ne discute pas.

A la fin, Luna achetait chaque jour une nouvelle casserole, des assiettes, des nappes. Nous n'avions jamais personne à dîner.

Par contre, les premières années, elle était plus dure que moi : nourriture biologique, personne pour nous aider, ses cours en ville tous les matins, déposer les enfants à la crèche en passant, rentrer, nettoyer, préparer à manger, aller au lit de bonne heure, faire l'amour. Souvent et bien. Elle est contente, s'endort tout de suite, ses jambes musculeuses prennent les miennes en tenaille. Parfois la nuit, j'allume la lumière et je contemple ses seins plantureux. J'évite de les regarder quand nous faisons l'amour, j'ai peur de jouir tout de suite, si je les touche, je ne peux plus me retenir. Deux parfaites montagnes rondes avec leur pointe rose dressée. Les enfants les cherchent les yeux fermés, y attachent leurs lèvres en tremblant, tètent, et s'endorment dessus, les joues toutes rouges, après les avoir vidés. Un jour j'ai été tenté de les leur enlever tout d'un coup et de les regarder pleurer.

Un soir, elle me dit.

— Tu ne me touches jamais les seins quand on fait l'amour.

— Ça t'ennuie ?

— Je n'ai pas dit ça. Je constate que tu ne le fais pas.

— Ça pose problème ?

— On ne peut pas parler avec toi, Manfred.

— Il y a des choses dont on ne parle pas, on les fait, c'est tout.

La nuit, j'effleure la pointe du bout du doigt. Elle dort profondément, elle travaille beaucoup.

Le bifteck n'est pas bon, il est trop cuit. Il faut que je me cherche une femme avec qui baiser. Celle du magasin, qui n'est pas mariée. Elle est laide, mais elle a de gros seins et ne demande pas mieux. C'est Karl qui me l'a dit. Ils l'ont fait à la scierie. Il avait laissé la scie électrique allumée pour que personne ne les entende. Pas question de la faire venir à la maison, aucune femme ne met plus les pieds ici.

En tout cas, je voulais des enfants. Ça devait finir ainsi, comme la fable que nous raconte notre père au volant de la chenillette. Je ne l'ai jamais vu souffrir de l'absence de sa femme. Sauf cette fois-là.

Un homme de fer, il nous a élevés tout seul, il a laissé à chacun d'entre nous de quoi s'occuper : à moi la maison du village, à Albert le refuge, à Stefan la location de skis. Et maintenant, il vit en ville, dans un appartement. Qui l'aurait cru ? Trente années à s'occuper du refuge, de ses trois enfants et maintenant il allume sa machine à laver et se dit que le progrès, ce n'est pas si mal. Stefan dit qu'il a une femme là-bas et que c'est pour ça qu'il y vit, mais aucun de nous ne sait qui c'est. Je suis allé le voir dimanche.

Ça fait dix minutes que nous ne disons rien. J'ai une bière dans les mains. Les siennes, gonflées et durcies à force de travailler dans le froid glacial, reposent sur la table de la cuisine comme deux coquilles de noix vides. Les miennes aussi deviendront comme ça. Il me demande.

— Comment tu vas ?
— Bien ! Et toi ?
— Bien.
— Elle te manque ta femme ?
— Non. La tienne ne te manquait pas.
— Je vous avais avec moi.
— Simon et Clara viennent à la fin du mois.
— Les femmes ne savent pas élever les enfants.
— C'est pourtant toujours elles qui le font.
— Les hommes pensent que c'est un travail de femmes, ils n'y comprennent rien. Je vous ai élevés tout seul et je sais de quoi je parle. Les femmes n'aiment pas leurs enfants.
— Tout le monde dit le contraire.

— Parce qu'ils ne savent pas. Et ton frère Albert, comment ça se passe, au refuge, avec sa femme ? Elle n'est pas encore partie ?
— Non, Bianca aime bien vivre là-haut.
— On verra bien.

Bianca est forte, mais papa a raison, on ne sait pas si elle va tenir longtemps. Albert dit qu'elle est heureuse. Ne t'y fie pas, mon frère, j'en sais long, moi, sur le bonheur des femmes. Ce n'est pas au bonheur qu'il faut prendre garde, c'est à l'humeur. Si elles sont survoltées, c'est mauvais signe, ou si elles achètent des choses qu'elles ont déjà, dorment peu et restent silencieuses le matin devant leur fenêtre. Ou encore quand elles sont maniaques, et veulent trancher sur tout.

Pendant nos premières années de mariage, je suis sûr d'elle. Elle ne me demande pas pourquoi je ne lui touche pas les seins quand on fait l'amour. La nuit, je la culbute avec vigueur et calme, ça dure longtemps et je sais y faire. Ses yeux, de marron qu'ils étaient, virent au vert, elle a l'air d'une petite fille. Petite fille et femme à la fois, et je jouis.

Les dernières années, en revanche, elle est trop heureuse, ou soudain trop triste, et quand elle se réveille elle regarde par la fenêtre sans rien dire, elle discute de tout et aucune explication ne la satisfait jamais. Alors le soir je la fais boire, mais ce n'est pas pareil. La petite fille aux yeux verts a disparu et la femme que j'ai épousée ne m'intéresse plus. Mais je ne l'aurais jamais laissée avec les enfants. C'est elle qui est partie, elle a compris toute seule.

Demain je donne les pommes de terre à Bernardo pour ses cochons, elles sont dégueulasses.

Je ne voulais pas louer l'appartement à cette femme. Mais l'agence m'a dit que pour juillet ils n'avaient pas d'autres demandes. Luna l'a meublé à la mort du menuisier qui l'habitait.

— On le loue à des touristes et on se fait un peu d'argent.

— Donnons-le à quelqu'un du village, on aura moins de soucis.

— Ça me plaît de l'arranger.

— Comme ça tu peux acheter tout ce qui ne rentre plus ici.

— Qu'est-ce que ça peut te faire ?

On l'a loué, on a eu plus d'argent et ça n'a servi à rien. Je n'y entre jamais. L'agence fait le ménage, trouve les touristes, vire l'argent sur mon compte. C'est la première fois qu'elle le donne à une femme seule, ce n'est pas mes affaires. Je suis en bas, elle en haut, et ce n'est que pour un mois.

Le lave-vaisselle ne me sert à rien, j'ai cessé de le faire marcher. Je me couche de bonne heure. Demain j'emmène les deux clients au refuge et je bavarde un brin avec Albert et Bianca.

Ce soir, je dors à gauche, quand on change de côté on se sent moins seul.

2.

Les montagnes sont noires, le ciel sans étoiles, silence, froissements de feuilles, cris d'oiseaux au loin. La dernière maison du village. Je pourrais me croire au Moyen Age si la voiture du propriétaire n'était pas garée en bas. Je laisse retomber le rideau de la fenêtre.

Si l'enfant dort cinq ou six heures cette nuit, je suis sauvée. Demain je l'emmène de bonne heure dans le pré où paissent les vaches. Elles le distraient et lui font peur. Il fait froid quand on sort, les cimes aiguës qui ferment la vallée cachent encore le soleil. Il fait rouler ses petites voitures dans l'herbe, vroum-vroum-vroum. Quand il s'arrête, je regarde les montagnes roses encore dans l'ombre, j'attends que le soleil vienne nous réchauffer. Sept heures du matin et nous sommes déjà dehors.

Demain je lui mets la veste en laine et le bonnet rouge que je lui ai achetés au magasin du village. Il ne faut pas qu'il s'enrhume, sinon il ne dort pas. S'il a de la fièvre, je ne m'en sortirai pas toute seule, dans cette maison, loin de tout, sans Mario, sans ma mère, sans personne. Pour le moment sa respiration est régulière, il n'a pas le nez bouché. Si seulement il dormait cinq ou six heures de suite, ou même quatre heures, ça irait. J'ai apporté la radio pour rien, l'appartement est si petit. Dans ce silence, j'arrive même à l'entendre lorsqu'il se retourne dans son lit.

Je dois bouger tout doucement dans la cuisine. De toute façon je n'ai pas faim, seulement une vieille envie de dormir qui ne me quitte pas depuis qu'ils me l'ont mis dans les bras à l'hôpital, ridé comme un vieillard et sale de mon sang.

Il est à peine sorti de mon ventre que je le regarde. Et je me dis.

— Je n'y arriverai jamais.

L'infirmière me critique aussitôt.

— Ne le serre pas comme ça, tu veux l'étouffer ?

Comment imaginer qu'une mère étouffe son bébé à la naissance ? Elle est la première à me faire des reproches, puis c'est le tour du pédiatre, de ma mère, de Mario. Les premiers jours, je réclame ma mère, mais à son arrivée à la clinique, je me mets à pleurer comme une gamine.

— Pourquoi tu pleures, tu n'es pas heureuse ?

Ah cette histoire du bonheur ! J'ai un rocher à la place du cœur.

Je n'y arriverai jamais, je ne peux pas y arriver.

Je ne l'ai pas dit à ma mère, malgré ma confiance en elle. Jusqu'à l'histoire du lait.

Je n'ai pas de lait, il ne coule pas. Je ne suis pas une vache. C'est peut-être pour ça qu'il est si content maintenant de voir leurs mamelles gonflées. Les miennes sont grosses et dures comme des pierres, mais ne donnent que de rares gouttes de lait. Un gag, une mauvaise blague. A l'hôpital, à côté de moi, il y a une mère qui se réveille tous les matins la chemise de nuit trempée de lait.

— J'en ai tellement ! Comment je vais faire pour sortir sans que ça coule ?

L'infirmière me jette un coup d'œil.

— Le lait est une bénédiction pour les bébés.

A l'aube, on nous les apporte sur un chariot, j'entends les roues dans le couloir.

Faites qu'il tète ce matin ! Que le lait jaillisse de mes mamelles stériles comme d'une fontaine !

Les seins me tirent, ils me font mal comme si on y avait enfilé deux cailloux. L'infirmière me pose le bébé dans les bras sans jamais me laisser le temps de le regarder. Elle le secoue, elle lui donne des claques.

— Il faut qu'il se réveille et qu'il mange !

Ouvre les yeux, qu'elle arrête de t'embêter !

La femme prend mon mamelon entre ses doigts, l'agite comme une girouette devant ses lèvres serrées. Lui, il fait la grimace, il n'en veut pas, il n'aime pas le goût. Elle le lui enfile dans la bouche. Le mamelon est détaché de moi, comme une prothèse.

Accroche-toi, tète au moins un peu, comme ça elle s'en va et nous laisse tranquilles.

Je voudrais m'endormir pour toujours avec lui.

Ne mange pas si tu n'as pas envie, reviens dans le silence et la paix de mon ventre, emmène-moi avec toi.

Maintenant il tète faiblement le mamelon déformé, l'air dégoûté. Enfin je reste seule avec la femme aux seins pleins de lait. Elle bavarde au téléphone avec sa mère, lui dit comme il a grandi, comme il a pris du poids. Son bébé tète de toutes ses forces. Le mien s'est rendormi tout de suite. Pour cette femme, tout est naturel, allaiter, dormir, manger. Comme une bête. Ma mère ne serait pas de mon avis.

— C'est l'instinct maternel, toutes les femmes le possèdent.

Et moi ? J'épie ses moindres gestes, comment elle fait passer le bébé d'un sein à l'autre, comment elle s'essuie le mamelon et referme le panneau du soutien-gorge, comment elle le tient contre l'épaule pour son rot, comment elle lui parle.

— Arrête de te goinfrer maintenant ! Tu te rends malade et après tu cries parce que tu as mal au ventre.

Facile. Qui suis-je moi ? Le mamelon sorti de sa bouche repose comme une épave, un bouchon, un animal monstrueux sur la joue de mon bébé endormi. Le sien a des cheveux noirs, le mien est chauve. Ma mère a approuvé.

— Les nouveau-nés ne sont beaux que s'ils n'ont pas de cheveux. Tu étais comme ça bébé.

Il n'y a donc pas grand mérite.

Le lait arrive, il suffit d'y croire, moi je n'y crois peut-être pas assez, c'est pour ça qu'il ne vient pas. Ma mère me rassure.

— Ça viendra, sois tranquille. Moi je n'en avais pas une goutte, mais tu auras plus de chance.

Et le soir, je fais ma petite prière.

Faites qu'au réveil, demain matin, je baigne dans le lait, la chemise de nuit collée à mes seins, comme la voisine. Des hectolitres de sérum sucré que je goûterai sur mon doigt. Faites que demain matin ce soit un raz de marée, qui les noie tous, rende jalouse ma mère qui n'en a jamais eu, remplisse la bouche de cette conne d'infirmière qui me regarde avec mépris. Du lait partout, le lit trempé, le petit rassasié, le pèse-bébé en folie, la couche débordant d'une merveilleuse merde jaune. Toutes les mères en respirent l'odeur avec jubilation et ça plairait aussi à la mienne, mais mon bébé ne fait pas grand-chose, car je n'ai pas assez de lait.

L'infirmière dit à ma mère.

— On lui donnera un supplément.

Ma mère me dit.

— Ne t'en fais pas, on l'emmène à la maison et on fait à notre manière.

A sa manière.

— Reste tranquille, autrement le lait ne vient pas.

Avoir la foi et rester tranquille. Mais en fait je ne dors jamais, pas même une heure.

— Profite bien de l'hôpital, parce que quand tu seras à la maison...

Qu'est-ce qui se passera à la maison ? J'y pense et je ne dors pas.

Je n'y arriverai jamais.

La nuit, je me lève et je vais regarder le petit, les points me font mal, mais j'ai besoin de rester seule avec lui. Il dort paisiblement, et autour de lui, les autres hurlent, mangent, pleurent, vivent. Il tète peu et il dort. J'ai peur maintenant que, par ma faute, il s'en retourne d'où il est venu. C'est pour ça que je me lève la nuit, pour m'assurer qu'il ne s'en va pas.

— Ne dors pas, reste éveillé !

L'infirmière de nuit est moins teigne que l'autre.

— Il est né fragile, il a besoin d'un peu de temps pour prendre le rythme.

Mais le rythme nous ne le prenons ni lui, ni moi. Il a l'air d'un petit vieux fatigué, on ne voit de son nez que les petits trous. Il a les mains de Mario. De qui tient-il ? Juste après sa naissance, on a détaillé les ressemblances : les mains, les pieds, les yeux, le nez, le front. Je glisse mon doigt dans son poing fermé, j'ouvre sa petite main et nous restons là, lui à dormir, moi à le regarder dormir.

A la maison, ma mère a apporté le berceau, elle m'aide. Au début, mes sœurs viennent. Elles me disent que je dois insister pour le lait, qu'il leur est arrivé la même chose et qu'ensuite tout est allé pour le mieux. Ma mère m'oblige à bien manger et à boire de la bière, elle le change, le met dans mes bras pour la tétée. Ils s'assoient en face de moi, elle et Mario, et ils me regardent. Je lorgne le pèse-bébé dont j'attends le verdict après chaque tétée. Quelques grammes, l'aiguille est immobile. Quelquefois je m'enthousiasme : aujourd'hui il a pris vingt grammes. Je suis aussi heureuse que quand j'ai eu mon diplôme avec les félicitations du jury. Et puis je me retrouve condamnée.

Il grandit peu.

Dans la cuisine, Mario prépare le biberon pour le supplément, il a pris quelques jours de congé, il veut m'aider, comme ma mère. Les entendant chuchoter, je laisse le bébé dans son berceau et je m'approche.

— Il vaut mieux préparer un biberon, elle n'a pas de lait, elle est comme moi. Je l'ai vu tout de suite à la forme de ses seins. Je ne lui ai rien dit pour ne pas la décevoir. J'ai bien pensé un moment qu'elle était brune et que les brunes ont plus de lait, ça me donnait bon espoir. Mais elle n'en a pas, il n'y a rien à faire.

Ma sœur aînée a les cheveux clairs, mais elle était tout de même pleine de lait, elle aussi, au point qu'elle en conservait au frigo et qu'elle l'apportait à l'hôpital pour les prématurés. Comment tu expliques ça, maman, toi qui sais tout ?

Je voudrais entrer et leur dire.

— Allez-y, prenez le bébé et donnez-lui son biberon. A partir de demain j'avale les comprimés pour faire partir le lait que je n'ai jamais eu et mes seins de pin-up se dégonfleront enfin.

J'écoute Mario.

— Laissons-la essayer encore, je pense que c'est important pour son lien avec l'enfant, non ?

Quel lien ? Le bébé est encore en moi, nous sommes dans un endroit lointain, inaccessible. Eux ne savent rien.

A la maison, Mario me parle doucement, il redoute une dépression post-partum. Je n'ai pas l'impression d'être déprimée. J'étais sous anesthésie, je n'ai rien senti. Ma tante dit qu'un accouchement avec anesthésie, ça ne compte pas, qu'elle a souffert vingt-cinq heures d'affilée et qu'après on lui a sorti le bébé au forceps. Ça c'est un accouchement ! Je l'écoute et j'en conclus que, puisque je n'ai pas eu de véritable accouchement, ce n'est pas une dépression post-partum qui me fait pleurer.

Je n'y arriverai jamais, cette certitude me fait pleurer. Je ne peux en parler ni à ma mère ni à Mario : ils ont tout misé sur moi. Mario encore plus que ma mère. Elle, elle a aussi mes sœurs heureusement, elles ont fait des enfants comme qui rigole.

En revanche Mario a un seul frère, marié à une femme qui sait tout faire. C'est important pour mon mari que je sois débrouillarde, pour un homme, ça veut dire qu'il a fait le bon choix.

J'ai essayé d'en parler avec ma sœur, elle n'a qu'un an de plus que moi. Je lui dis.
— Je n'y arriverai jamais.
— Ne dis pas de bêtises. Avec les nouveau-nés c'est tout simple : tu dors quand ils dorment, tu leur donnes à manger, tu les changes, tu les emmènes se promener. A deux ans, tu verras, c'est autre chose : ils ne tiennent pas en place.

Depuis sa naissance, il y a deux ans, je ne dors pas. Au début je m'inquiétais parce qu'il n'arrivait pas à se réveiller. Maintenant il se dresse dans son lit à quatre heures du matin et il n'arrête pas de la journée. Ma sœur avait raison.

Comme c'est triste la montagne la nuit, des petites fenêtres, peu de lumière, personne dans les rues. Mais il ne manque rien dans l'appartement, il est bien meublé. Il y aura une fête au village dans quelques jours, je pourrais peut-être me faire belle et l'emmener sur la place. Il courra partout, touchera à tout, mais au moins, pour une fois, nous aurons de la compagnie.

Mario viendra nous chercher à la fin du mois, nous irons à la mer, sur l'île de mon enfance. C'est quoi un mois ? Trente jours, trente nuits. J'y arriverai. Je ne l'ai pas allaité, mais je l'ai quand même élevé pendant deux ans. Il est beau, tout le monde me le dit, seulement un peu maigre et nerveux.

Le pédiatre me fait peur. C'est un bon médecin. Mes sœurs l'ont choisi après mûre réflexion, il devrait faire l'affaire pour moi aussi. C'est l'avocat de l'enfant, il prend à cœur ses intérêts. Il n'a pas confiance en moi, je suis névrosée, je ne fais pas de bien à son protégé. Mon cœur bat à chaque consultation. Je ne sais pas répondre à toutes ses questions. L'enfant pleure et ne veut pas se laisser toucher. Il n'a pas assez grandi, une fois de plus. Le docteur me demande ce que je lui donne à manger, si je suis assez calme, si je le sors assez souvent. Je voudrais le frapper, lui faire sauter ses lunettes, lui mordre la main, mais je lui réponds gentiment.

— Il est un peu nerveux le soir, il a du mal à s'endormir. Il se réveille souvent pendant la nuit et le matin il est debout à six heures.

Il me parle sans me regarder. La dernière des mères. Un cas désespéré.

— Tout dépend du lien établi avec la mère durant la grossesse, au cours des premiers mois, pendant l'allaitement.

Le lien, lui aussi ! Ils n'ont que ce mot à la bouche.

Je ne pense plus à moi en dehors de lui. Je veux le protéger du monde, mais parfois j'ai honte de nous deux. Il ne parle pas beaucoup, maman, papa, et il écorche les mots. Je suis la seule à le comprendre, je ne peux le laisser à personne. Et s'il se met à pleurer, ça n'en finit pas. Mario aussi a peur de l'entendre pleurer, surtout quand il conduit.

Je contrôle mon esprit, il ne doit pas s'abandonner aux vagues de ses pleurs, aux fausses notes de cette musique qui me vrille le cerveau. Lorsqu'il s'arrête soudain, il ne faut pas croire que c'est fini. Il reprend son souffle et recommence. Je lui parle.

— Mon amour, ne pleure pas ! Ne pleure pas, je t'en prie, arrête, ça suffit maintenant. Pourquoi tu pleures ? Il n'y a aucune raison.

Il grimpe sur mon cou, hurle dans mon oreille, s'accroche à moi. Mon cœur s'affole. Il reprend son souffle et recommence. D'où vient cette peine inconsolable ? Quelle erreur ai-je commise ?

— Arrête, arrête, tu ne vois pas que tout le monde nous regarde ?

Je voudrais lui fermer la bouche, mais il pleurerait encore plus fort. Résister, ne pas se laisser emporter par ses pleurs. Penser à autre chose, serrer les poings, le caresser, le consoler, jusqu'à ce qu'il se taise. Il se tait. Je le pose par terre, je respire, c'est fini.

Mais maintenant je m'y connais, je sais comment faire. Il faut seulement éviter de le faire pleurer, s'organiser, tout prévoir, le distraire, lui préparer à manger et lui parler, le faire jouer, lui lire des livres, lui raconter des histoires et avoir de la patience. Mario a l'air serein au téléphone, il sait que maintenant je sais y faire, que je ne me rends pas, que je ne m'écroule pas comme au début. En octobre je recommencerai à travailler à mi-temps et lui, il ira à la crèche.

Je voudrais dormir dix heures de suite, comme quand j'étais petite, sur mon île.

Dans nos lits superposés, avec mes sœurs, nous nous racontons les histoires de la veille au soir. Fêtes, garçons et danses. Pour ce qui est de danser et de tomber amoureuse, je suis la meilleure. Nous rions, le bruit de la mer entre par la fenêtre. La mer des coquillages rassemblés dans la bouteille de verre. Si on la débouche, il en sort un léger relent de cadavre. Ce sont des bernard-l'ermite, morts dans leurs maisonnettes à spirale, ils ont eu peur de sortir et sont restés pris au piège.

Maintenant mes sœurs sont dans l'île, avec ma mère et leurs enfants. Le mien ne supporte pas la mer, ça le rend nerveux. Qu'est-ce qu'il a d'anormal mon enfant ? Le pédiatre a prescrit.

— Un mois à la montagne.

Il faut que j'aille dormir, sinon demain, à l'aube, ce sera terrible. Juste un filet d'air par la fenêtre entrouverte, pour ne pas finir comme les bernard-l'ermite. Quel silence aussi dans la vallée. Les lumières des maisons sont déjà éteintes. Celle de l'étage au-dessous, par contre, est encore allumée. C'est là qu'habite le propriétaire de la maison, un guide. Quel âge peut-il avoir ? La quarantaine, peut-être même moins, il a le visage sillonné de rides. Il vit seul, mais il y a deux vélos d'enfants dans l'entrée. Il sort de bonne heure le matin, lui aussi. Il parle italien avec l'accent allemand, comme tout le monde ici.

— Bonjour.
— Bonjour.

Dit entre les dents, sans un regard pour l'enfant, et il claque la porte. Le soir, par la fenêtre, je le vois rentrer.

Aujourd'hui son appartement sent le bifteck et les pommes de terre. La fenêtre est éclairée. Qu'est-ce qu'il peut faire de ses soirées ? On n'entend pas la télévision, aucun bruit. Je dois demander à la fille de la pâtisserie.

Bonne nuit les montagnes, mon heure de liberté est terminée.

3.

— Manfred est le fils de Gustav, celui qui avait le refuge du col. Maintenant c'est Albert, son fils aîné, qui le tient. C'est une famille de dingues.

— Chut… Parlez moins fort, s'il se réveille, il faudra que je parte.

La fille de la pâtisserie jette un coup d'œil sur la poussette.

— Excusez-moi, mais j'ai mis une heure à l'endormir.

— Il ne s'étouffe pas avec le drap sur la figure ?

— Il ne s'endort pas s'il y a de la lumière. Pourquoi c'est une famille de dingues ?

Elle passe un chiffon sur le comptoir qui brille.

— Les trois enfants ont grandi là-haut, sans leur mère. L'hiver, ils descendaient avec la chenillette pour aller à l'école. Leur père les laissait devant la casemate, à l'arrivée du téléphérique, et le soir il allait les reprendre. Il n'a jamais voulu l'aide de personne et il ne s'est jamais remarié.

— La mère est morte ?

— Elle s'est enfuie en Amérique avec un type qui était monté faire de l'escalade. Il est resté une semaine. Le soir il jouait aux cartes avec Gustav.

— Mon Dieu...

— On ne sait pas ce qui s'est passé entre ces deux-là. On raconte beaucoup de choses. Certains pensent que l'Américain était riche, mais ma mère dit que le refuge marchait bien et que Gustav ne la laissait manquer de rien. Il a donné une propriété à chacun de ses fils. D'autres disent que la femme devenait folle avec lui, là-haut, et qu'elle a profité de l'Américain pour s'en aller. D'autres que Gustav les a surpris et qu'ils ont été obligés de se sauver. Des histoires comme ça. Mais personne ne sait au juste comment ça s'est passé.

— Et elle a abandonné ses trois enfants ?

— Oui, elle ne les a jamais revus, et en Amérique elle en a fait d'autres.

J'écarte un peu le drap, peut-être qu'il ne respire pas.

— Quel genre de femme c'était ?

— Je ne me rappelle pas. Ma mère dit qu'elle était belle, brune, grande, qu'elle savait tout faire. Gustav a fait disparaître ses photos. Sur les murs du refuge il y en avait où elle posait avec ses enfants. Personne ne pouvait imaginer qu'elle partirait en les abandonnant. Manfred n'avait pas encore dix ans. On allait à l'école ensemble. C'était un joli garçon. Il parlait peu, comme maintenant. J'avais de la peine pour lui. Les trois frères étaient toujours ensemble, ils ne se liaient avec personne, après l'école ils remontaient au refuge.

— Il ne s'est pas marié ?

— Manfred ? C'est ça la meilleure ! Il s'est marié et il lui est arrivé la même chose qu'à son père.

— Sa femme est partie avec un autre ?

— On ne sait pas, mais elle est partie. Seulement, elle a emmené les enfants avec elle. On dit chez nous : les Sane sont des hommes qui font fuir les femmes. Bianca est la seule à tenir bon. Stefan, le frère qui s'occupe de la location de skis, ne s'est pas encore marié, mais il a plaqué tellement de filles que personne n'en veut dans le coin, même s'il est beau et qu'il sait y faire.

Elle rit, me demande.

— Vous voulez un krapfen pour le petit ?

— Oui, si vous me l'emballez je le lui donnerai au goûter.

Elle va le prendre dans la vitrine, continue à parler.

— Luna, la femme de Manfred, l'a quitté tout d'un coup. Un jour, il s'est passé quelque chose entre eux, elle est allée se faire soigner à l'hôpital. La police a interrogé Manfred.

— Il l'avait battue ?

— On ne sait pas. Manfred est fou. Il n'achetait à ses enfants qu'une paire de souliers pour l'hiver et une pour l'été. Pas de télévision, toute la famille au lit à neuf heures. Comment résister ?

— Un solitaire.

— Solitaire ? Un jour il vient ici, je lui demande : comment ça va, Manfred ? Il me répond : pas de femme, pas d'enfants, je suis au paradis... Ils sont comme ça les frères Sane.

Je paie. Mieux vaut partir avant qu'il se réveille.

— S'il vous plaît, vous pouvez me tenir la porte ouverte, pour la poussette ?

On roule doucement et sans secousses, comme ça on gagne encore une demi-heure, après il mangera mieux.

Le propriétaire de la maison, quelle histoire ! Ça faisait peut-être un moment que la mère grande et brune n'était plus heureuse avec son mari. Elle avait peur de lui ou alors il ne lui plaisait plus et elle n'avait pas le courage de le quitter. Elle a fait semblant pendant des années. Les enfants remplissent les journées, puis ils grandissent et si ça ne va pas avec le mari, qu'est-ce qu'on fait ?

Quelle fatigue, cette côte. Elle n'en finit pas. Nous voilà arrivés. La voiture du propriétaire n'est pas là. Je laisse le petit dans sa poussette, à l'entrée, il dort et de toute façon personne ne passe par ici. J'ai le temps de lui préparer sa soupe. Par la fenêtre, je peux voir s'il se réveille, il est attaché, je descends le chercher en courant. Mieux vaut remettre le drap, à cause de la lumière.

Bouillon de légumes tout prêt, petites pâtes, poulet. Il n'aime pas, il crache tout. Mais le pédiatre insiste.

— Il doit s'habituer à manger de tout, en morceaux. Pas de soupe. Il est grand maintenant.

Je la lui ferais bien avaler.

J'écarte le rideau, je jette un coup d'œil par la fenêtre, le drap ne bouge pas. S'il me laisse le temps de cuire les pâtes, je peux le changer tranquillement sans avoir mille choses à faire à la fois et sans qu'il se mette à pleurer pour que je le prenne dans mes bras. Pendant que le bouillon chauffe je vais faire pipi, après, avec lui, c'est difficile. Un autre coup d'œil par la fenêtre.

Il dort, il sera de bonne humeur pour manger.

Quelle belle journée ! Apparemment, il va faire mauvais dans quelques jours. J'espère que non. Que faire s'il pleut ? Enfermés dans la maison, on va devenir fous.

C'était bien pire pour la femme du refuge. L'hiver, surtout, ça devait être dur. Loin de tout avec trois jeunes enfants. Pourquoi les femmes se mettent dans des situations pareilles ? Et puis l'Américain est arrivé. Elle aimait peut-être le jazz, autre chose que les chants alpins. Elle s'est imaginée en train de prendre l'apéritif avec lui, face à la mer, au coucher du soleil, comme dans les films. Ils dansent, ils font l'amour. Toute la vie comme ça. Comment lui donner tort ?

Je me revois jeune fille : je m'habille, je me maquille, je cours les fêtes et tous les garçons tombent amoureux de moi. Je ne me lie à aucun, l'important, c'est de ne pas faire l'amour, autrement ils s'imaginent qu'ils doivent rester toute leur vie avec toi. J'aimerais bien pourtant savoir comment chacun s'y prend pour toucher une femme. Mais c'est dangereux car après on passe pour une pute. J'ai parfois peur d'en être déjà une, à cause des idées qui me passent par la tête, mais je n'en parle à personne. Mon père discute avec ma mère de ce genre de femmes.

— Des Marie-couche-toi-là.

Il les méprise, mais elles l'excitent. Maman devient nerveuse, alors il la rassure.

— Pour moi, il n'y a que toi.

Ça ne nous convainc pas. L'autre genre de femmes, celles qui savent faire l'amour mieux que nous, continue à nous trotter dans la tête.

Quand, jeune fille, j'arrive dans une fête, je me sens belle et je regarde plutôt mes rivales que les garçons. Le désir que j'inspire aux hommes les anéantira.

La salle de bains est bien équipée, ce n'est certainement pas le plouc qui s'en est occupé. Quand il se prépare à manger, il faut laisser les fenêtres fermées à cause des odeurs. On peut imaginer comment il tient sa maison, je comprends pourquoi sa femme l'a quitté. Il a un beau visage, de beaux yeux, mais il a déjà l'air vieux.

J'ai des cernes noirs à force de ne pas dormir. A la fin du mois, au bord de la mer, je veux prendre des bains de soleil. Le matin je laisse le petit à ma mère et je pars en bateau avec Mario.

Quand on s'est rencontrés, il est venu me rejoindre à la mer. Nous partons en bateau, nous jetons l'ancre et nous nous embrassons. Un jour nous faisons l'amour sous le peignoir puis nous nous jetons dans la mer, mouillés et brûlants, la tête nous tourne, nous ne savons plus qui nous sommes, notre corps fait partie de la mer.

Il a de la chance d'être entouré de femmes, dit ma mère. Le petit ami de ma sœur ne vient pas en vacances avec nous et elle a rompu. Elle a fait preuve de patience un moment, et puis crac, elle l'a largué et maintenant elle s'en fiche complètement. Ça plaît à Mario d'être le seul mâle face à quatre femmes, ma mère et nous trois. Mon père arrive pour le week-end et le regarde en riant.

— Ça t'embête de ne plus être le sultan du harem, hein ?

Mario mange chez nous, mais il dort ailleurs, ma mère ne lui permet pas de rester à la maison. Il loue une chambre au port. Le soir nous saluons tout le monde.

— On sort, on va au cinéma.

En fait, on fonce faire l'amour dans sa chambre. Je ne cours plus les fêtes, par peur de ne plus jamais aimer et d'être pour de bon cataloguée comme pute. Un garçon m'a dit ça un soir, je ne me rappelle plus qui c'était, mais sa phrase est restée gravée dans ma mémoire comme la marque que je vois sur la peau des bœufs dans le pré.

— Tu es une allumeuse, Marina.
— Qu'est-ce que ça veut dire ?
— Tu es une femme qui allume les hommes.

A force d'aller dans la chambre de Mario sur le port, je tombe enceinte et nous décidons de nous marier. Si je ferme les yeux, je vois bien pourquoi je l'ai épousé. Ce n'était pas à cause du bébé, mais pour la manière qu'il avait de tenir droite la barre du bateau et de toucher mon corps. Tout a changé avec sa naissance. Je n'ai été ni aussi forte ni aussi dégourdie qu'il l'espérait. Mais maintenant ça va mieux, je suis partie toute seule et le soir au téléphone je lui raconte ma journée. Un mois en montagne sans personne. Ça lui donnera confiance en moi, je redeviendrai la femme qu'il a épousée.

Un coup d'œil par la fenêtre. Oh mon Dieu... Le propriétaire de la maison auprès de la poussette, je n'ai pas entendu la voiture. L'enfant est réveillé...

Je descends l'escalier quatre à quatre. Il me regarde. Il est tout bronzé, il a dû faire une longue marche. Son visage ridé, ses yeux clairs et durs, sa voix grave.

— Il a réussi à se détacher, c'est dangereux, il y a la route.

Le petit le fixe sans souffler mot. Je bredouille.

— Merci, il dormait, je lui préparais à manger.

Je le prends dans mes bras. Il me tourne le dos.

— Au revoir.

Il entre chez lui, avec ses chaussures crottées de boue ; il pue la sueur et l'oignon. L'enfant le suit du regard jusqu'à ce qu'il disparaisse, puis il se met à pleurnicher. Je me mets tout de suite à lui parler pendant que nous montons l'escalier, pour qu'il se calme.

— Maintenant on va aller préparer le repas, espérons que le bouillon n'a pas débordé. On va d'abord te changer, te laver, et après, à table ! Tu as faim, mon trésor ?

Tu entends comment elle lui parle en montant l'escalier, cette idiote.

Tu as faim mon trésor ? Tu as dormi longtemps, c'est bien...

Et s'il était descendu de sa poussette pour aller sur la route. Je lui préparais à manger... Une incapable. Et après ça vient pleurer quand il arrive quelque chose.

Luna se débrouillait toute seule, personne ne l'a jamais aidée et elle ne se plaignait pas. Si j'étais son mari, je ne la laisserais pas ici avec l'enfant. Elle n'est pas à la hauteur, ça se voit tout de suite à la manière dont elle le tient dans ses bras et dont elle lui parle. C'est à elle-même qu'elle parle en fait, pour se rassurer. Enfin, c'est pas mes oignons, mais ceux de son mari.

Je ferme la porte, je range le piolet au coin de la cheminée, j'enlève mes chaussures.

Ce soir, je vais en ville voir mon père. Sans le prévenir. Je vais peut-être le surprendre avec cette femme et alors je saurai qui c'est. On devient gâteux avec l'âge et on finit par tomber dans les bras des femmes. Lui qui s'en est passé toute sa vie.

Celle d'en haut, c'est la femme typique, le genre à t'attraper jeune fille et à te le faire payer après, toute ta vie. Une fille de bonne famille, élevée à ne rien faire. Tu dois d'abord la sortir et après l'épouser par-dessus le marché. Maintenant, avec son gosse, elle est bien attrapée. Le mari l'a envoyée en montagne et il est tranquille, le pauvre con. Il devrait venir la surveiller pendant le week-end.

Pas de nichons, un visage de petite fille. Elle te regarde et tu te dis que ça serait amusant de la baiser. Tu lui tiens solidement les poignets, tu prends ce que tu veux et elle est contente.

Si la fille du magasin ne couche pas, je dois résoudre mon problème autrement. Me branler en pensant aux nichons de Luna, ça va un moment. Après on a besoin d'une bonne chatte, rien ne peut remplacer ça. Voilà le point noir, la cause de tout le désastre.

4.

On ne reconnaît pas la place du village aujourd'hui, la foule, les stands. L'orchestre joue des valses et des mazurkas montagnardes. Les vieux dansent. Les jeunes les regardent en rigolant. Je me suis acheté une robe tyrolienne à fleurs, un corsage blanc, un tablier. Pour le petit j'ai pris des culottes de cuir et nous avons l'air d'être du coin, même si je n'ai ni les cheveux blonds, ni les yeux bleus, ni la peau claire. Je suis la seule brune de la famille. Je rappelle à mon père son frère trop tôt disparu.

— Marina a les yeux de Sandro, noirs comme du charbon.

Toujours les mêmes mots dans les familles, y compris pour parler des ressemblances. Cet oncle ne s'est jamais marié et il change souvent de femme. Il tient une entreprise de construction, il est beaucoup plus riche que mon père qui travaille dans une banque et a trois filles.

Quand il vient dîner, il nous apporte des cadeaux somptueux, des montres, des colliers, des bracelets, des bagues. Mon père le gronde.

— Tu dépenses tout ce que tu as, comment tu feras quand tes affaires marcheront moins bien ?

— Je viendrai chez tes filles et elles m'aideront, pas vrai ?

Nous approuvons en chœur. Chaque fois j'espère que ma mère nous laissera porter à l'école un collier ou une bague pour faire crever d'envie les copines. Mais elle met tout de suite de côté ces cadeaux qu'elle trouve trop luxueux pour des gamines.

— Qand vous serez plus grandes.

— Je peux porter le collier de turquoises, maman ?

L'oncle me le met autour du cou.

— Tu as l'air d'une gitane, Marina.

Et à chaque fois il me chante.

Marina, Marina, Marina...
Je veux t'épouser au plus vite.
O ma belle brune ne me quitte pas,
J'en mourrais de désespoir.

Mon père me regarde d'un air inquiet.

— Tu ne ressembles à ton oncle que physiquement, j'espère.

Un été que nous étions à la mer, on nous a volé les bijoux jamais portés. Et l'oncle Sandro est mort d'un infarctus quand ses affaires ont moins bien marché. Ces deux événements sont toujours liés dans mes pensées. Dans un cas, mon père avait raison, dans l'autre, c'était moi. Il fallait profiter des cadeaux et porter au bal le collier de turquoises avec un fard à paupières de la même couleur.

Je traverse la place avec la poussette, jetant de vagues coups d'œil aux étals. Fromages, saucissons, miels, produits naturels. On vend surtout de la nourriture et aussi des sculptures de bois, des lodens, des vêtements tyroliens. Et le soir on boit avant d'aller dormir de bonne heure. De toute façon, ça ne change rien pour moi, avec le petit, je ne peux pas sortir.

Les hommes me regardent, il n'y a pas tellement de gitanes dans le coin. Je me demande si le propriétaire de la maison est venu sur la place. Ce n'est pas son genre. Même une fête de village doit paraître trop mondaine à quelqu'un qui a grandi dans un refuge.

Les femmes aiment vraiment défier le sort. Quelle autre raison pour que cette folle l'épouse et lui fasse deux enfants ? Après quoi elle se rend compte qu'il pue la sueur et l'oignon, passe son temps à grimper dans les montagnes et ne parle pas. Elle pleure le soir en pensant à sa jeunesse, quand tous les hommes lui faisaient la cour, l'invitaient à danser et à faire du bateau. Non, ça c'est mon histoire, et Mario est bien différent du plouc. Il est intelligent, gentil et même galant avec les femmes. Il parle de tout avec mon père et il réussit brillamment dans son travail.

Je pouvais faire carrière moi aussi, mais mes collègues me détestent. Elles disent que je m'habille de manière provocante, que je veux taper dans l'œil du chef. Ce n'est pas vrai, j'ai fait des études, j'ai réussi mon diplôme avec la note maximum et les félicitations du jury. Je compte à toute vitesse, lis les bilans mieux qu'elles et je suis jolie, c'est pour ça qu'elles ne m'aiment pas. Et puis le bébé est arrivé et avec ça on est hors jeu. Que de félicitations quand je suis tombée enceinte.

— C'est merveilleux !

Enfin elles étaient débarrassées de moi.

L'enfant se retourne dans sa poussette et me regarde. Pourquoi ne me parle-t-il pas ? J'ai peur de son silence, on dirait un reproche.

— Maintenant on s'assied, mon trésor, et on sort de là, on va marcher, un peu de patience.

Mais il est sage aujourd'hui, il regarde la fanfare et les étals. Il n'a pas dormi cette nuit. Il a tellement pleuré hier soir que j'ai failli perdre la tête, comme ce maudit dimanche.

Il ne veut pas manger, il pleure. Qu'il soit dans mes bras, couché sur son lit ou assis par terre, il pleure. Que je lui parle ou que je le fasse jouer, il pleure. Il a dix mois, il ne comprend pas ce qu'on lui dit, et je ne sais plus quoi faire. Mario travaille dans le salon, je ne veux pas l'appeler. Le bruit de ses pleurs me monte au cerveau, mon cœur bat à grands coups, je serre les poings. Arrête maintenant, calme-toi. Si Mario l'entend encore pleurer, il va se lever, venir voir, se dire que je ne suis pas capable de le calmer.

— Tais-toi !

Tout d'un coup, je ne l'entends plus pleurer, je n'entends plus rien, tout a disparu comme si nous avions été submergés. Sa bouche ouverte ne produit aucun son, la morve lui coule du nez. Je suis dans une caverne, un silence de glace. Je ne vois plus que des points flous, au fond il y a encore une lumière qui maintenant s'éteint complètement. J'ai fermé les yeux ? Je me suis bouché les oreilles ? Je ne sais pas.

Et puis je vois le bébé par terre et Mario qui le relève.

— Qu'est-ce que tu as fait ?

Ses paroles, qu'il répète comme un disque rayé, brisent le silence. Je suis arrachée à l'obscurité, la lumière m'aveugle, tout mon corps me fait mal.

— Rien, je te jure, il est tombé, je ne sais pas comment.

C'est moi qui pleure, maintenant. L'enfant s'est calmé sur l'épaule de son père. Ils sont dans le même camp et ils me détestent.

Je lui enlève le bébé des bras, je le serre, lui parle à travers mes larmes. Une voix rauque remontant d'un abîme de silence et de nuit.

— Je me suis retournée pour prendre sa couche et il est tombé.

Mario pose sur moi un regard empreint de haine. L'enfant me met les bras autour du cou et s'endort, il a trop pleuré. Je l'aime, c'est l'être que j'aime le plus au monde, comment le faire comprendre à Mario ?

Il est poli, gentil, intelligent. Le bateau, l'appartement sur le port. C'est bien moi qu'il a choisie, pourquoi ? Pour m'anéantir, parce qu'il savait qui j'étais ? J'ai là le vrai Mario, celui de la haine. Allons Mario, montre-toi. Je murmure, pour ne pas réveiller l'enfant.

— A quoi tu penses, Mario ?

Il me regarde encore, puis il baisse les yeux.

— A rien. Il faut que tu fasses attention, ne le quitte jamais des yeux.

Je pense en silence.

Tu n'as pas le courage de me le dire, hein ? Dans quel traquenard es-tu tombé ? Quelle femme as-tu épousée ? Ne touche pas à mon fils. Tu ne sais rien de lui ni de moi. Tu es l'étranger.

Et puis c'est passé, tout passe et tout s'oublie, heureusement. Ça n'arrivera plus, jamais plus. Nous nous sommes regardés comme deux êtres humains, la haine s'en est allée. Je suis une femme normale, je sais prendre soin de ton enfant, n'aie pas peur.

Je traverse la place avec le petit dans sa poussette et je me sens belle, invincible.

Le propriétaire de la maison est là, lui aussi, assis à une table à boire de la bière avec quelqu'un. Il a fait un brin de toilette, la chemise à carreaux repassée, son éternel pantalon, il s'est lavé les cheveux, il a retrouvé un aspect humain.

— Bonjour.
— Bonjour.

Regarde-moi cette idiote, elle s'est déguisée comme si c'était carnaval.

— Je te présente ma locataire, voici mon frère Stefan.

Ah, c'est son jeune frère, celui qui a plaqué toutes ses copines.

— Marina.
— Stefan.

Ils me regardent sans m'inviter à m'asseoir ; il faut que je dise quelque chose.

— C'est une belle fête.

Le plouc répond, sans me regarder.

— Toujours pareil.

Rien à attendre d'un tel type. Mieux vaut les laisser seuls, la fille de la pâtisserie a raison.

— Alors au revoir.
— Au revoir.

Marina, quel nom. Mais elle a de belles jambes, avec son pantalon on ne les voyait pas, un peu trop maigres peut-être. Elle s'en va tout de suite, on lui a fait peur. Stefan la regarde, celles d'ici ne lui suffisent pas. Maintenant il va me demander comment je la trouve, c'est son habitude depuis qu'il a treize ans.

— Comment tu la trouves ?
— Elle n'a pas de nichons.
— Tu es vraiment obsédé, Manfred ! Et le mari ?
— Qu'est-ce que j'en sais ? Je ne m'occupe pas de la maison ni de ses habitants.
— Tu prends quand même bien les sous. Si Luna ne l'avait pas arrangée, tu ne trouverais pas à la louer. Quand le menuisier y habitait, c'était une horreur. Elle cherche à lier connaissance.
— Qui ça ?
— Ta locataire, elle laisse traîner ses yeux partout.
— C'est ce qu'elles font toutes. Luna était une championne pour ça. Elle écoutait et savait un tas de choses sur tout le monde.
— Elle était belle, Luna.

Il le dit exprès pour me faire enrager.

— C'est toi qui aurais dû l'épouser. Tu l'aurais quittée avant la cérémonie. Combien de copines tu as eues, Stefan ?
— Au moins, c'est toujours moi qui les ai plaquées.

C'est beau d'avoir des frères ! Et en plus, celui-là, je l'ai élevé.

C'est le plus petit, je lui lave le derrière et la figure tous les matins. Je l'emmitoufle avant qu'on sorte dans la neige, il a toujours froid. Dans la chenillette, quand on descend vers la vallée, je lui mouche le nez avec la manche de l'anorak, comme ça, à l'école, on ne se moquera pas de lui parce qu'il est morveux et qu'il n'a pas de mère.

Albert s'assied à l'avant à côté du père. Il ne parle jamais à Stefan, il le déteste. Un soir il m'a dit pourquoi.

— S'il n'était pas né, elle ne serait pas partie.

Sur la vitre embuée de la chenillette, en cachette de mon père et d'Albert, je dessine pour Stefan les montagnes et le soleil. C'est de sa faute, Albert a raison. Mais comment savoir à trois ans qu'on aurait mieux fait de ne pas naître ?

Pendant trois mois, tous les matins, il m'a posé des questions sur sa mère. Pendant trois mois, je ne lui ai rien répondu. Je ne trouvais pas les mots pour le dire. J'avais beau y réfléchir, rien ne me venait. Un matin, le lendemain de la nuit où papa a brûlé les photos, je lui ai répondu.

— Si tu me parles encore d'elle, je te casse la gueule.

Il a cessé une fois pour toutes de me poser la question.

Maintenant, à chaque occasion, il me tombe sur le dos.

— Tu n'y comprends rien, Stefan. C'est moi qui ai rendu la vie impossible à Luna, c'est pour ça qu'elle est partie.

— Papa disait la même chose de notre mère, pour se sentir plus fort qu'elle. Il vaut mieux les quitter avant qu'elles ne le fassent elles-mêmes.

— Intéressant...

— Pourquoi tu ne l'invites pas à danser, Manfred, peut-être qu'elle marcherait.

Elle s'est assise dans un coin de la place, mais je ne me retourne pas, je ne veux pas qu'elle croie qu'on s'intéresse à elle.

— Je n'ai jamais dansé, pas même à mon mariage. Et puis c'est une idiote.

— Tu es un ours, Manfred, Luna a bien fait.

Stefan se retourne de nouveau.

— Regarde, elle danse toute seule.

Je me retourne aussi.

Elle s'est mise à danser avec son fils. Elle le serre contre elle et ça le fait rire. Elle lui tient la tête contre la sienne, elle tourne, se trémousse, se déhanche. L'enfant en bave d'excitation. On la regarde, c'est ce qu'elle voulait.

Un soir de Noël, au refuge, ma mère me prend dans ses bras, se met à chanter et à me faire danser. Son visage, ses yeux sombres, l'odeur de ses cheveux. La salle et les bougies tournent autour de moi. Mon père est assis, il nous regarde. C'est mon heure, je la lui ai volée. Une pute. Comme celle-là. Il faut se méfier quand elles sont heureuses, qu'elles se déchaînent, courent dans la neige, t'embrassent et te caressent avec des larmes dans les yeux. C'est le moment de te sauver.

Stefan le pauvre la regarde bouche bée, la bière blanchit la pointe de ses moustaches. Il ressemble à sa mère et il ne le sait pas, il ne l'a jamais vue, pas même en photo.
— Qu'est-ce qui t'arrive, Stefan ? Tu as l'air ahuri.
— Une femme qui danse avec un gosse, c'est vraiment une idiote.
— Qu'est-ce que je te disais ?

5.

Il pleut depuis deux jours, tous les matins on essaie de sortir et on rentre aussitôt. Il s'est enrhumé, il a le nez bouché et ne peut pas respirer. Le pharmacien m'a donné des gouttes homéopathiques. Aucune amélioration. Quand je suis en ville, je lui mets de la Rinazine, le soir, même si le pédiatre ne veut pas.

— Seulement une solution physiologique et un oreiller pour qu'il respire mieux.

Un oreiller ! C'est pas lui qui passerait toute la nuit sans dormir. Ils ne donnent pas de Rinazine sans ordonnance, ces montagnards débiles. Deux nuits sans dormir. Mes yeux se ferment dès que je m'assieds, il ne faut pas. Il est attiré par les prises électriques, il grimpe sur le coffre à bois, il sort les vases, les assiettes, tout. Les jouets ne l'intéressent pas.

— Maman, va-t'en !

Tel quel. Il n'en fait qu'à sa tête.

C'est le troisième café, il faut que je tienne jusqu'à huit heures et il n'est que cinq heures. La pluie tombe à verse, personne dans la rue. C'est dimanche, les magasins sont fermés. Rien à faire jusqu'à ce soir, pas même son petit bain, car il s'est enrhumé et la maison est mal chauffée. Il est heureux quand il prend un bain, c'est mon moment de repos.

— A la mer, on se baignera ensemble, tu verras comme c'est bien. Je t'achèterai un canot et nous irons faire un tour tous les trois, avec papa.

Il me regarde longuement quand il entend le mot papa. Mario lui manque, il l'écoute au téléphone puis il s'éloigne, me rend le combiné. Il ne veut rien lui dire.

Je lui parle pendant qu'il joue dans l'eau, pas pour qu'il reste sage, comme d'habitude, mais parce que je trouve qu'il est grand, qu'il peut me comprendre.

Sur l'île, il y a une plage où le sable est si chaud qu'on y met des œufs à cuire. Trois rochers noirs émergent sur l'eau qui a le calme d'un lac. Je me baigne jusqu'au soir avec mes sœurs. Le soleil rouge et liquide s'enfonce dans la mer et quand il a disparu nous poussons des cris et plongeons dans les traînées dorées de ses derniers rayons. L'eau est maintenant de l'encre chaude et maman nous attend les serviettes à la main.

— Marina, viens ! Tu es la dernière comme d'habitude.

— Je ne t'obligerai jamais à sortir de l'eau si tu n'en as pas envie. Tu seras un grand nageur, tu aimes tellement ça. Mais pas de bain ce soir, tu es trop enrhumé. Non, pas là. C'est dangereux, tu vas tomber.

— Maman, va-t'en !

— Non, pas maman-va-t'en ! Là tu ne peux pas, il y a des bouteilles, tu vas te faire mal. Ne pleure pas. On va jouer. Les cubes. On construit une tour et tu la jettes par terre. Je te montre. Ça ne t'intéresse pas... Pourquoi cette manie de toujours grimper justement là ? Je vais te faire voir, il n'y a rien pour toi, deux bouteilles de vin, une d'huile, la salière, le sucrier, le café.

Le vin est bon, je n'économise pas là-dessus. Je ne fume pas, je ne sors pas, mais le soir, je bois. Hier soir, j'ai presque fini la bouteille. Il ne faut pas le dire à Mario, sinon il va penser qu'en plus je suis alcoolique. Le vin me fait tourner un peu la tête, il me réchauffe les entrailles, je ne me sens plus seule ni fatiguée.

— Assieds-toi, c'est bien, joue avec tes petites voitures.

Vroum-vroum-vroum, il se tient tranquille un petit moment. Quelques minutes de réflexion. Une minute c'est déjà quelque chose, soixante secondes c'est beaucoup. Il faut que j'en profite, mais après c'est dur de revenir à la réalité. Assieds-toi, Marina, tu rangeras plus tard.

Mon esprit s'échappe. Penser, quelle merveille ! Quand on est jeune, on ne le sait pas. Le dimanche matin on peut rester au lit à ruminer autant qu'on veut. En classe tu écoutes, tu rêves, tu dors. Quelle chance c'était ! Tu n'en as pas assez profité. Tu n'aurais dû laisser passer aucune occasion. Le temps est précieux, tu l'as compris quand ton fils est né. Aux tables des bars, dans les rues, des adultes inconscients, libres, fument, bavardent tranquillement, sans hâte, ils ont tout le temps qu'ils veulent. Ils n'ont pas conscience de leurs privilèges. J'avance avec la poussette, j'étais comme eux moi aussi.

A l'automne je retourne travailler, à mi-temps. Je le laisse à ma mère le matin, il faudra que je le lui amène, parce qu'elle ne sort pas à cette heure-là. Très tôt, avant huit heures, il fera froid. Combien de temps tiendra-t-il le coup sans tomber malade ? S'il tombe malade, je ne peux pas aller travailler. Si je prends une nounou, je dois l'employer tous les matins et ça coûte trop cher.

Mario prend ça à la légère.

— Mets-toi en disponibilité jusqu'à ce qu'il aille à la crèche. D'ailleurs, pour ce qu'ils te paient.

Ils ne me donneront plus de travaux importants. Mais au bureau ils te paient pour réfléchir, un vrai bonheur. Si je ne vais pas travailler au moins le matin, je deviens folle. Je sais bien que les autres femmes n'ont pas les mêmes problèmes que moi, elles souffrent d'avoir à quitter leur enfant pour aller au bureau. Ma sœur a donné sa démission, maintenant elle se consacre à ses enfants. Elle m'a dit.

— Quand je travaillais, c'était l'enfer. A la maison je pensais au bureau, et quand j'étais au bureau je pensais aux enfants. C'est ça la vie que je veux.

Mais maintenant, elle est toujours tendue et elle fait la leçon à tout le monde. Peut-être qu'il m'arrivera à moi aussi de ne pas réussir à tout faire et de préférer rester à la maison, mais pour le moment je pense au bureau comme à un paradis.

Des mouettes et des hirondelles passent au printemps dans le coin de ciel qu'on aperçoit de mon bureau. L'ordinateur, les stylos, le papier. Un bilan à analyser, le rapport à rédiger. Des heures de travail tranquille devant soi. A une heure, le bar avec les collègues. On parle, on se raconte des moments de vie. On rit, qu'est-ce qu'on rit au déjeuner...

— Où es-tu ? Non, pas par là. Mais pourquoi tu veux justement ramper par là ? Non, ne pleure pas ! Regarde ce que je te donne, le camion ! Tu ne l'avais pas vu, hein ? Il était caché sous la table. Voilà, c'est bien.

Comment ça se fait que les garçons aiment tout de suite les autos ? Maintenant il est dans le camion, il conduit comme un fou sur une route toute en virages, téméraire, courageux, et puis boum, le choc contre le mur, le camion se renverse, pas d'affolement, on le remet sur ses roues et la course folle continue... J'aime bien le regarder jouer.

Avec ma sœur je joue à la poupée, elle est déjà la meilleure. Moi je n'aime pas les habiller, leur préparer à manger, ranger la maison. Elle m'envoie faire les courses au jardin. Je prends des fleurs qui sont des légumes, des feuilles de lierre biftecks, des glycines raisin, des brindilles couverts, des écorces d'arbre assiettes. Elle me dit.

— Toi tu es le mari et tu sors nous chercher à manger.

Je ne suis pas d'accord, moi aussi je voudrais avoir un mari, mais on ne discute pas avec elle, c'est elle l'aînée, elle commande.

— Tu es trop tête en l'air pour faire la femme.

Je fais donc le mari, mais quand je serai grande, je ferai la femme. Elle a raison, mais je suis née comme ça.

Le professeur le dit à ma mère.

— Marina est une grande rêveuse.

Je ne sais pas si c'est un compliment. J'ai parfois l'impression que oui. Tu rencontres parfois un garçon qui te fixe des yeux.

— A quoi tu penses ?
— A un tas de choses.

Et il te court après parce qu'il veut les connaître toutes, en détail, une par une.

En revanche ça met mon père en colère.

— A quoi tu penses ?

Il veut que je sois attentive quand il essaie de m'expliquer mes exercices de maths. J'ai des absences et j'ai peur de lui. Je ne sais pas depuis combien de temps il a commencé ses explications. M'a-t-il posé des questions ? Qu'est-ce qu'il veut savoir ? J'ai besoin de temps pour y réfléchir, je ne me rends pas compte qu'il est passé vite et que mon père est sur le point de perdre patience.

Dans quel pays mon esprit s'en va-t-il parfois ? Le monde est immobile, je suis la seule à me déplacer parmi les gens, à les observer, à leur jouer des tours. C'est amusant, le temps paraît très long, il est déjà écoulé.

— Tu as oublié d'acheter les pommes de terre.

Ma sœur, en revanche, n'oublie jamais rien.

Un coup terrible, qu'est-ce qui s'est passé ?

Les bouteilles de vin par terre, l'huile... L'enfant pleure, assis au milieu des débris de verre. Mon Dieu, il s'est blessé ! C'est du sang, du vin ? Qu'est-ce que tu as fait ? Ne pleure pas ! Sur le sol un mélange de vin et d'huile, la cuisine se remplit comme un bateau qui fait naufrage, ça coule vers le salon, ça pue la vinasse. Il va falloir essuyer et nettoyer tout ça, quand ? Où mettre l'enfant ? Il ne reste pas dans son lit, il enjambe les barreaux.

Je le relève et je glisse avec lui dans mes bras. Par terre, au milieu des morceaux de verre, comme deux naufragés. Sa tête saigne. Moi c'est la jambe. Il pleure, il ne s'arrêtera plus jamais.

— Maman va-t'en !

Je suis une incapable, c'est lui qui a raison. Je ne suis pas faite pour ça, j'ai tout raté depuis le début. Rage ! Des flots de rage incandescente ! Il ne peut plus s'arrêter. Je déborde de haine. Mario, ma mère, mon père, mes sœurs... Crevez tous ! Mourir avec lui, sur ce carrelage infect qui pue le vin, fermons les yeux ensemble.

Ténèbres, silence, glace, viens donc ! Sauve-nous tous les deux de ce désastre ! Viens me chercher, je t'attendais. Fais taire cette bête qui hurle, me mord l'estomac, me tue. Je hurle.

— Assez ! Tais-toi ! Tais-toi ! Assez !

Voilà, ça y est, bien fait. Il ne pleure plus maintenant, tout est fini. Le silence enfin.

Qu'est-ce qu'ils fabriquent tous les deux là-haut ? Le gosse pleure, elle hurle. Des objets qui tombent, des coups, qu'est-ce qu'ils ont cassé ? Je leur ferai payer les dégâts. Il faudrait enlever les enfants à leur mère dès la naissance, mon père a raison.

Ça ne me regarde pas la manière dont les gens élèvent leurs gamins. Plus vite ils deviennent grands et vont vivre de leur côté, mieux c'est. Je suis devenu guide pour partir de la maison. Je veux passer le moins de temps possible avec un toit au-dessus de ma tête. Tu dors trois heures, tu te lèves, et tu pars dans la nuit.

Avec Luna et les enfants, ce n'est plus possible. J'étais au bagne. C'est pourtant elle qui me dit.

— Tu m'as mise en prison.

Je lui réponds.

— Tu sais ce que j'ai fait pour toi ? Je me suis enfermé dans une maison et toi tu veux sortir, aller en ville, manger au restaurant ? Trop facile. Nous voilà pris au piège tous les deux avec nos merveilleux enfants.

Mais quel silence, maintenant, là-haut, on n'entend plus rien. Ils ont dû aller dormir. Six heures, ce n'est pas possible. Hurlements de l'idiote, puis silence total. Aucun enfant ne se calme comme ça. Il a dû se passer quelque chose. Je vais écouter. Je monte doucement, si je les entends, je fais demi-tour.

Dans les escaliers, on n'entend rien, ni l'enfant, ni elle. Il est arrivé quelque chose. Je sonne, c'est ma maison après tout, je suis responsable.

Personne ne répond. J'essaie de nouveau. Toujours rien.

— Tu m'entends, ouvre la porte !

Silence.

— Ouvre !

Je crie, je cogne du poing.

Pas un bruit à l'intérieur. Je baisse les yeux, du liquide coule sous la porte, je me penche, je sens.

Du vin.

Une bouteille cassée, qu'est-ce qui a pu se passer ? Forcer la porte avec mon piolet, tout de suite. Cours le chercher au coin de la cheminée. Retour dans l'escalier. Maintenant attaque-toi à la serrure. De toutes tes forces. On n'entend ni la femme ni l'enfant, aucune réaction aux coups de piolet. Il s'est passé quelque chose de grave, ils sont morts. Cogne dur à nouveau. Trois fois, quatre fois.

J'ébrèche la porte sans arriver à la traverser. C'est du bon bois, le menuisier qui vivait là avant a dû la renforcer. Encore, plus fort. Ça ne peut pas être plus dur que du roc. Le trou, enfin, agrandis-le maintenant, encore plus. Ma main y passe, je touche la serrure, je l'ouvre.

La lumière allumée, le sol inondé. La salle avec la cheminée est vide. Dans la cuisine, l'enfant par terre, les yeux fermés, au milieu des éclats de verre et du liquide. Du sang ? Je l'attrape, il respire. Du sang sur sa tête. Et elle, où elle peut être ? Je me déplace doucement de peur de glisser avec l'enfant dans les bras. La voilà derrière la porte, recroquevillée par terre comme un tas de chiffons.

— Qu'est-ce qui s'est passé ?

Elle a les yeux vides.

— Tu m'entends, lève-toi !

Il faut la frapper. Je n'ai pas les mains libres, je lui donne un coup de pied.

— Lève-toi !

La voilà qui tremble, comme Luna. Elle obéit.

— Il est tombé ?

Elle ne répond pas. Je lui tends l'enfant.

— Tiens-lui la tête, parle-lui, essaie de le réveiller.

Elle le prend sans le regarder, elle ne dit rien, elle attend les ordres.

— Allons-y.

6.

La nuit, des tournants, des arbres, un pont, un ruisseau noir. Qui c'est, ce type qui conduit ? Où suis-je ? L'enfant dort. Où va-t-on ? Il est tombé, il s'est cogné la tête. Je le serre contre moi. Mon Dieu, pourquoi il ne se réveille pas ?

C'est le propriétaire de la maison. Au volant de sa voiture. Où nous emmène-t-il ? Comment est-il entré ? Sa voix, basse et dure.

— Il s'est rendormi ?

Il me regarde dans le rétroviseur.

— Oui.

— Parle-lui, réveille-le. Comment il s'appelle ?

— Marco.

Pourquoi l'idiote a-t-elle ce regard de bête traquée ? De quoi a-t-elle peur ?

— Nous sommes presque arrivés, il ne faut pas qu'il dorme. Réveille-le, parle-lui !

— Réveille-toi mon amour ! Redresse-toi !

— Ne le secoue pas !

— Ne dors pas, ouvre les yeux, regarde maman. Elle pleure, l'idiote.

— Encore, continue, parle plus fort.

— Il ne s'est rien passé, mon trésor. Réveille-toi,

je t'en prie ! On arrive tout de suite et le docteur va te soigner. Ouvre les yeux, regarde maman ! Je suis là, près de toi, je ne te quitte pas.

Qu'est-ce que j'ai fait ? Mario ne doit rien savoir.

— N'essaie pas de le consoler, laisse-le pleurer ! Il vaut mieux qu'il pleure. Et toi, arrête de pleurer, tu n'es pas un bébé.

— Quel crétin !

— Il s'est cogné la tête ?

Ne lui dis rien, Marina, fais attention. Je balbutie.

— Il a grimpé sur la table, il a glissé avec les bouteilles.

— Il s'est cogné où ?

— Je ne sais pas.

— Où tu étais ?

Pourquoi elle baisse les yeux, l'idiote ?

— Je t'ai dit de ne pas le remuer ! Laisse-le pleurer, ça lui fait du bien. Caresse-le sans le remuer. Où tu étais ?

— Dans la salle de bains. Je l'ai laissé un instant.

Pourquoi je lui ai répondu ça ? J'aurais dû lui dire que j'étais avec lui et que je n'ai pas eu le temps de l'arrêter.

Elle ment. Pourquoi était-elle derrière la porte au lieu de l'avoir dans ses bras ?

— Tu pouvais le mettre dans son lit.

— Il enjambe les barreaux. Il jouait sagement avec ses petites voitures et j'ai pensé que j'avais le temps d'aller dans la salle de bains.

— Pourquoi tu étais derrière la porte au lieu de l'avoir dans tes bras ?

Je ne te réponds pas, fils de pute.

— Arrête de pleurer, nous sommes arrivés. Entre avec lui, je vais garer la voiture.

Une allée, des taches de lumière sur l'herbe d'un jardin, des fleurs, des bancs vides. Le service d'urgence, deux infirmiers viennent à notre rencontre.

Il faut que je dise la même chose à tout le monde. Il a grimpé sur la table, il a glissé avec les bouteilles et il s'est cogné la tête.

Ils ouvrent la portière.

— Qu'est-ce qui s'est passé ?

— Il a grimpé sur la table de la cuisine, il a glissé avec les bouteilles et il s'est cogné la tête.

— On l'emmène avec nous.

— Je peux venir aussi ? Il a peur sans moi.

— Non, on vous appellera.

Il hurle, on l'emporte. J'ai envie de mourir.

Je les suis. Ils disparaissent derrière une porte vitrée. La salle d'attente à moitié vide, avec juste une mère et son bébé. Une pièce bien propre, sur les murs des images d'enfants heureux.

Je m'assieds pour ne pas tomber. La mère me regarde, je détourne les yeux, mais elle va m'interroger, je le sais.

— Il est tombé ?

— Oui.

Elle sourit.

— Avec mon premier enfant je passais mon temps aux urgences. Les garçons, ça ne tient pas en place.

Qu'est-ce que j'ai fait ? Je vais me mettre à crier. Il ne faut pas Marina. Personne n'est au courant, ils vont le soigner. Il va avoir peur sans moi, j'aurais pu l'accompagner, le tenir dans mes bras, quel mal y avait-il ? Il ne voudra peut-être plus venir dans mes bras.

Maman va-t'en !

Je pleure, tout se brouille, la salle, les sièges vides, les images d'enfants heureux.

— Ne pleurez pas, les enfants sont résistants.

Qu'est-ce que tu en sais, toi ? Qui me connaît ? Personne. Ce fils de pute a compris quelque chose. Où est-il passé ? Il faut qu'il débarrasse le plancher. S'il arrive, je le remercie et je lui dis de s'en aller, que je vais me débrouiller toute seule. Ce qui compte, c'est que l'enfant aille bien et que personne ne sache rien. Mario, ma mère. Ils vont me l'enlever. S'ils m'enlèvent mon enfant, je me tue. Mais revoilà le fils de pute.

— Où est l'enfant ?
— A l'intérieur.

Je me lève, comme ça il va comprendre.

— Merci pour tout, je reste ici avec lui. Vous pouvez rentrer chez vous.

La voilà qui prend ses grands airs maintenant. Mais elle ne va pas se débarrasser de moi comme ça.

— Voyons d'abord dans quel état il est. La police va vouloir me parler.

Mes jambes se mettent à trembler. Je ferais mieux de m'asseoir.

Cet homme me déteste, il veut ma mort. Je dois être plus forte que lui, plus rusée. Réfléchis Marina, ne tremble pas, ne pleure pas. Montre-lui quelle femme tu es. Il faut que tu récupères ton fils. Et cet abruti, mets-le hors de combat.

Je lui souris, j'ai encore les yeux humides, il va peut-être avoir pitié de moi.

— Je suis désolée pour tout à l'heure, j'avais perdu la tête. Je l'ai vu par terre, le sang, ses yeux fermés. J'ai eu si peur que je me suis cachée derrière la porte comme une petite fille.

La femme au bébé intervient.

— Ça arrive. Quand mon fils tombait, je me couvrais le visage pour ne pas le voir, je n'arrivais pas à venir à son secours. C'était toujours mon mari qui prenait les choses en main.

Je lui souris, puis je me tourne vers lui, sans rien ajouter.

Tu ne dis plus rien, hein ?

C'est possible après tout, elle s'est cachée derrière la porte parce que c'est une idiote, comme toutes les autres. J'ai vu Luna dans le même état le jour où Clara s'est cassé le bras en faisant du vélo. Terrorisée, elle ne bougeait plus, elle se cachait le visage dans ses mains. Je lui crie de m'aider, alors elle fait ce que je lui dis, comme elle. Mais pourquoi elle a peur de moi ? Pourquoi elle veut que je m'en aille ? Elle a du sang sur la jambe.

Je me lève, je vais jusqu'à la porte fermée. Mon enfant ne sort pas. Laissez-moi le voir s'il vous plaît. Mon Dieu, faites qu'il aille bien, qu'il ne lui soit rien arrivé. Je me rassois.

Comment j'ai pu ? Quelle partie de moi a fait ça ? C'est comme l'autre fois avec Mario. Je l'ai laissé tomber du lit. Non, il est tombé tout seul. C'est arrivé à ma mère aussi avec une de mes sœurs. Peut-être qu'aujourd'hui je n'ai rien fait non plus. Il a grimpé sur la table, il est tombé, il s'est cogné la tête et j'ai pensé que c'était de ma faute. De toute façon c'est de ma faute, j'ai eu un moment d'inattention.

Mes yeux dans les ténèbres, ses pleurs qui n'en finissent pas et me mordent la tête. Je l'ai fait, je lui ai cogné la tête contre la table, j'ai fait du mal à mon enfant. Ce n'est pas possible. Je l'aime plus que tout au monde. Depuis qu'il est né, je ne l'ai jamais laissé à personne. Deux années entières passées avec lui. J'ai appris à tout faire comme il faut. Je manque de sommeil, c'est vrai, mais je ne me plains pas. Je n'ai plus ma liberté, mais quand il sera grand, je pourrai recommencer à sortir, à aller au travail, au cinéma. Mais qu'est-ce qui me passe par la tête ? Il est là-dedans, sans toi, et c'est à ça que tu penses ! Qu'est-ce qu'ils peuvent bien lui faire ? Mon petit, pourquoi il ne sort pas ?

Elle ne dit pas la vérité. D'abord les bruits, le choc d'objets qui tombent, les pleurs de l'enfant. Normal, le gosse monte sur la table, renverse les bouteilles, glisse et se met à pleurer. Juste après, elle pousse un hurlement, un choc, puis le silence total. Plus un bruit dans la maison. Je défonce la porte avec mon piolet sans qu'elle réagisse à mes coups. L'enfant par terre, les yeux fermés, au milieu des débris de verre. Elle cachée derrière la porte, sans l'avoir pris dans ses bras. Elle ne dit pas la vérité, ça ne s'est pas passé comme elle le raconte.

La porte s'ouvre, c'est un des infirmiers. Je me lève et je me dirige vers lui.

— Vous êtes la mère de l'enfant ?
— Oui, comment va-t-il ?
— Il est réveillé. On a mis des points sur sa blessure, maintenant on le passe au scanner. On le garde pour la nuit en observation. Vous pouvez rester avec lui.
— J'arrive. Je vais juste remercier le propriétaire de la maison, c'est lui qui m'a amenée ici.

Il s'est levé, il nous regarde. Un visage vieilli, un corps de jeune homme, son éternel pantalon qui pend de partout, toujours la même chemise écossaise, les sandales. L'infirmier s'approche.

— C'est vous qui leur avez porté secours ?
— Oui.
— Avant de repartir vous devez passer au commissariat pour le procès-verbal.

Un procès-verbal ? Mon Dieu, qu'est-ce qu'il va leur raconter ?

Je lui souris, soyez gentil.

— Merci de m'avoir accompagnée.
— Il n'y a pas de quoi.
— J'espère revenir à la maison demain.
— Je dois prévenir quelqu'un ?
— Non, j'aime mieux pas. Mon mari serait épouvanté. Je le lui dirai moi-même.

Tu parles d'un mari...

— Vous me donnerez des nouvelles de l'enfant.
— Bien sûr. Bonne nuit.
— Bonne nuit.

Il n'a rien compris. De quoi peut-il me soupçonner ? Il n'a rien vu.

Le long couloir bleu, tout vide, et le visage des infirmiers ont dû l'effrayer. S'il a peur d'un pédiatre qu'il connaît, qu'est-ce que ça doit être avec des inconnus ? Nous entrons dans une chambre.

Le voilà, il joue tranquillement dans son lit avec une petite boîte. Tu as la tête bandée, mon amour. Il veut venir dans mes bras, il ne se souvient de rien.

— Coucou mon trésor, qu'est-ce que tu fais ? Tu joues avec la boîte ?

Je refoule mes larmes, je ne dois pas pleurer.

— On t'a mis un pansement. Comment tu vas ?

— Il va bien, il est fort Marco, et très courageux.

Le médecin, une femme, me regarde sévèrement, mais c'est peut-être moi qui l'imagine. Tu dois rester calme Marina.

— Qui vous a dit son nom ?

— Lui. Quel âge il a ?

— Deux ans en septembre.

— Je lui ai aussi demandé d'où il était tombé.

Mon cœur éclate dans ma poitrine. Prends une voix ferme. Il faut qu'elle ne se doute de rien.

— Et qu'est-ce qu'il a répondu ?

— Qu'il était tombé de son camion.

Quel bonheur ! Je me mets à rire.

— Avant de grimper sur la table, il jouait avec son camion. Il était tellement sage que j'ai cru pouvoir le laisser une seconde pour aller dans la salle de bains, et puis j'ai entendu un bruit terrible... Il avait grimpé sur la table, jeté les bouteilles par terre et il était tombé au milieu des éclats de verre... On ne peut pas les laisser seuls une seconde.

J'ai l'impression qu'elle m'étudie, qu'elle a compris quelque chose.

— On les appelle les deux terribles.

— Quoi ?

— Les deux terribles premières années. Ils ne savent pas encore jouer tout seuls, ils bougent tout le temps, ils dorment peu parce qu'ils sont en proie à mille peurs. Le mien faisait pareil.

Soulagement, béatitude. *Le mien faisait pareil.* Peut-être qu'il lui est arrivé, à elle aussi, de perdre la tête. Au fond, qu'est-ce qui m'est arrivé ? Un instant de rage, et puis il s'est peut-être cogné la tête tout seul, en tombant, et je ne m'en suis pas aperçue tout de suite.

— Je peux le prendre dans mes bras ?

Elle fait signe que oui. Je le soulève, je lui donne un baiser.

— Alors on raconte un tas de choses au docteur et rien à maman ?

— On va le passer au scanner.

Je frémis.

— On lui a fait six points de suture.

— Six ! Mais il n'a rien de grave, je veux dire dans sa tête ?

— Je ne crois pas, il est plein de vie.

Le monde est joyeux, l'hôpital est un paradis, j'ai envie d'embrasser cette femme qui me sauve la vie.

— On lui fait son scanner et après je vous accompagne au service.

Je pleure.

— Merci.

Elle pose sa main sur mon épaule.
— C'est le premier ?
— Oui.
— Les enfants tombent. C'est parfois pour eux l'occasion de grandir.

7.

La montagne scintille, débarrassée de la pluie et de la grisaille. Des couleurs éclatantes, le pré lavé de frais. Les vaches se remplissent la panse d'une herbe ruisselante. Les clients ont annulé la randonnée. Après une semaine de pluie ininterrompue, ils n'ont pas cru au retour du beau temps. J'avais pourtant essayé de les rassurer.

— Demain il y aura du soleil, nous pourrons aller au refuge comme prévu.

Rien à faire, ils sont partis. J'ai réclamé qu'ils me paient quand même.

La femme est revenue de l'hôpital le lendemain. On s'est rencontrés sur le pas de la porte. L'enfant était dans ses bras, la tête bandée. Elle m'a souri. Maintenant elle est gentille et prévenante.

— Merci. Comment j'aurais fait sans vous ? Rien d'anormal au scanner. On lui enlèvera les points dans cinq jours.

Le lendemain matin elle était sur le banc, devant la maison, au téléphone avec son mari. Le petit dormait dans sa poussette.

— Il va bien, je t'assure. Inutile de venir. Une

simple chute, tu sais comment c'est, il ne tient pas en place.

Il doit être du genre à avaler tout ce qu'elle dit sans broncher. Je peux le comprendre. On ne veut pas avoir d'ennuis avec sa femme, alors on sacrifie ses enfants et on pense à autre chose.

Le soir de l'accident, je suis passé au commissariat. Ils m'ont accueilli avec des blagues et des claques dans le dos.

— Salut, Manfred, comment ça va ? Ça fait longtemps depuis la dernière fois.

On s'était vus le jour du coup de poing, après le passage de Luna à l'hôpital.

On se dispute tous les jours, on ne fait que ça depuis des mois.

— Les enfants ne peuvent pas regarder la télé, tu les emmènes en montagne tous les dimanches. Ils veulent rester avec leurs amis, ils sont grands maintenant.

On se dispute à leur sujet, mais c'est de nous deux qu'il est question. Je ne la supporte pas. Ses humeurs, sa manie d'inventer tous les jours quelque chose de nouveau, arranger la maison, acheter tout et n'importe quoi. La nuit, ses seins me donnent envie de baiser. Je ne pense pas à elle, à son visage, à la façon dont elle me parle, mais à son corps. Luna cède sans en avoir envie. Il n'y a plus rien qui lui plaise en moi. Elle a voulu m'épouser et maintenant elle crache sur tout ce que je dis, tout ce que je fais. Même sur le sexe, alors que moi, c'est le contraire.

Le jour du commissariat, elle s'est approchée trop près de moi en hurlant.

Je me dis.

Voilà qu'elle te bouscule maintenant ? Plus aucune peur, plus aucun respect, elle se croit la plus forte parce que, la nuit, tu as encore envie d'elle.

Et je lui donne un coup de poing.

— Fini le temps où l'on pouvait taper sur sa femme, Manfred.

Les policiers rigolent, ça leur plairait d'en faire autant.

— Luna ne porte pas plainte contre toi, mais tu n'as pas intérêt à recommencer. Ça n'a pas réussi à ton père. Tu as dû souffrir de n'avoir que lui pour t'élever…

Si une mère t'abandonne, tu restes marqué à vie. Si ta femme te quitte et garde les enfants, ça passe pour un événement banal. J'ai demandé à Luna de me les laisser.

— Je les veux, ils peuvent rester avec moi. Mon père nous a bien élevés tout seul. En plus c'est toi qui pars, pas moi.

— Ils deviendraient aussi cinglés que toi, ce n'est même pas la peine d'y penser. De toute façon, au-dessous d'un certain âge, ils les confient toujours à la mère. Tu les auras de temps en temps.

— Tu es trop bonne.

J'ai raconté aux policiers ce que j'ai entendu dans l'appartement du dessus : le hurlement de la mère, le coup, le silence de l'enfant. Et ce que j'ai vu en entrant.

— Tu en veux aux femmes, Manfred, tu ne les supportes pas. D'abord ta mère, puis Luna, on peut te comprendre. Mais elles ne sont pas toutes comme ça. Ton père n'a pas eu de chance, mais Luna était une fille bien. Tu es trop difficile Manfred. Rentre chez toi, tu as bien fait d'intervenir, c'était courageux.

Joli compliment, comme celui que m'a fait mon père après la noce.

— C'est courageux de te marier.

Et il en faut du courage pour se marier et enfoncer une porte quand il y a trop de silence.

Ce matin, sur le banc, quand elle a raccroché et qu'elle m'a vu, elle est venue à ma rencontre. Je savais ce qu'elle voulait me demander.

— Comment ça s'est passé au commissariat, bien ?

— Rien de particulier. Ils vous ont interrogée aussi ?

L'autre nuit, je la tutoyais.

— Oui, c'est l'habitude après un accident.

Comme elle est mignonne la petite maman ! Tout est en ordre, tout le monde est gentil. Tu crois vraiment que je vais me laisser rouler ? Je trouverai bien le moyen de te faire parler. Mieux vaut qu'elle croie que j'ai tout avalé, comme ça elle va se relâcher. Regardez-moi ce sourire.

— Je voudrais bien aller un jour au refuge de votre frère, on m'a dit que c'est un endroit superbe, qu'on prend le téléphérique et après un sentier qui n'est pas trop difficile. Je peux y aller avec mon fils ?

Les femmes finissent toujours par se jeter toutes seules dans la gueule du loup. Elles ont une sorte de sixième sens qui les précipite dans les emmerdements. Je ne dois pas lui proposer tout de suite de l'accompagner.

— C'est facile, j'y vais avec des clients qui ne sont pas de grands marcheurs. Vous marchez beaucoup ?

— Assez peu.

Je m'en doutais. Je t'emmène là-haut, comme ça on a le temps de parler. Tu n'arrives pas au sommet avec le chemin que je vais te faire prendre. Le bois, des chemins de traverse bien raides, la moraine, la gorge de la Dame. On va voir combien de temps tu tiendras.

— Il faudra porter votre enfant sur votre dos. Vous êtes équipée ?

— Non, malheureusement. Si mon mari était venu, nous aurions pris un porte-bébé, mais toute seule...

— J'en ai un qui servait pour mes enfants, quand ils étaient petits.

— Merci, c'est très gentil.

Comment j'ai pu craindre que ce montagnard soupçonne quelque chose ? Il parle peu, mais il n'est pas méchant. Et puis il s'occupe de ses affaires.

— En tout cas l'endroit est beau, c'est là que j'ai grandi.

— J'aimerais y aller quand on lui aura enlevé les points de suture.

Aujourd'hui c'est le bon jour, les clients m'ont laissé en plan et j'ai encaissé l'argent. L'enfant va bien, il n'a plus son pansement et il y a du soleil. Je monte, je sonne et je lui demande si elle veut venir.

Karl, le scieur de bois, a bouché le trou de la porte avec un morceau de contre-plaqué. Quand son mari viendra la chercher, je lui demanderai de me rembourser. Il n'a pas le temps de venir quand son fils tombe, il travaille beaucoup et gagne sans doute pas mal d'argent.

Elle m'ouvre, l'enfant dans les bras, ses longs cheveux emmêlés, l'air stupéfait. Peut-être qu'elle a peur.

— Bonjour.

— Bonjour. Ce matin je monte au refuge d'Albert. Si vous voulez je peux vous accompagner, comme ça je vous aide à monter.

Mon Dieu, qu'est-ce que je fais ? Le plouc n'a pas oublié. Mais une journée entière avec lui, non, je ne m'en sens pas capable.

— C'est peut-être trop fatigant pour l'enfant.

— Comme vous voulez, mais l'occasion ne se représentera plus.

Il part sans dire au revoir.

— Attendez, laissez-moi réfléchir. Ça ferait du bien au petit. Ce n'est pas trop haut ?

Voilà une mère pleine d'attentions.

— Une foule d'enfants font l'ascension, mais c'est comme vous voulez.

— Il faudrait aussi que j'achète à manger pour nous deux.

— J'ai tout ce qu'il faut. Vous avez dix minutes pour vous décider, le temps que je me prépare.

Il s'en va. Quel drôle de type.

8.

Dans le téléphérique, je regarde en bas, le vide m'impressionne et m'attire en même temps. Escarpements, torrents, rochers, pylônes. La cabine oscille quand elle croise l'autre. Je détourne les yeux. L'enfant par contre est tout excité et veut passer la tête par la fenêtre entrouverte. Je lui parle à voix basse.

— Non, il faut rester dans mes bras. Je te mets par terre quand on arrive.

Il commence à pleurnicher. Les touristes autrichiens nous regardent de travers et échangent quelques mots. Je n'aurais pas dû accepter. Il va embêter tout le monde, lui le premier. Pour le moment, ça n'a pas l'air de le déranger. Il nous tourne le dos et regarde dehors. Il connaît chaque sentier, chaque arbre. Il a dû jouer à cache-cache dans les bois, sauter les torrents avec ses frères.

— Sois sage, mon amour, on arrive bientôt.

J'appuie sa tête contre mon épaule. Il se redresse, pleurniche. Tout d'un coup le plouc se tourne vers lui.

— Tais-toi.

Le petit sursaute, cache son visage contre mon épaule, l'étudie en silence du coin de l'œil. C'est le seul mot qu'il ait dit dans le téléphérique, d'un ton dur, définitif, sans hausser la voix.

Où nous conduit-il ? Le chemin qui mène au refuge est facile, il prendra l'enfant dans le porte-bébé.

Dehors les prés perdent leurs teintes vertes. Bois sombres, éboulis de massifs millénaires poussiéreux, en équilibre instable au-dessus de la vallée, prêts à emporter maisons, hommes, femmes, enfants et vaches.

L'abîme et les massifs noirs m'attirent, je serre contre moi l'enfant, il ne bouge plus.

— Viens Marina ! Tu es toujours la dernière, il fait froid.

Elle est bien loin la mer au crépuscule. Le froid d'ici est comme la glace qui est en moi, il ne me fait pas trop peur. Au dernier pylône, je perds l'équilibre et je le frôle. Sa chemise écossaise, toujours la même, l'odeur de sa peau. Maigre, sec. Tous ceux qui fréquentent la montagne sont comme ça, de vieux enfants.

Elle ne tient même pas debout. Ça nous promet une belle promenade ! Le pâturage, la pente du bois, la cascade, la moraine, le sentier au pied du glacier. Si tu n'arrives pas au plateau, pas de sousoupe. Il faudra me supplier.

Arrête-toi, je t'en prie, je te dis la vérité, ce que j'ai fait à mon enfant. Une mère incapable, sans cœur. Le petit ne peut pas se défendre, de toute façon c'est moi qu'il veut.

Moi aussi, chaque nuit, je la voulais.

Et si ma mère était revenue ?

Des pas dans la neige le soir. Le père sort du refuge pour regarder, il ne se résigne pas. Il passe la nuit debout à l'attendre. Je le sais maintenant. Jusqu'à cette nuit-là, je suis persuadé que c'est lui qui l'a mise dehors. C'est ce qu'il nous a dit au début.

— Je l'ai fichue à la porte. Elle était incapable de vivre ici avec nous. Elle voulait vous emmener, mais j'ai refusé.

Je le hais. Si seulement elle avait pu m'arracher à lui ! Je me serais caché dans ses bras. Et après, en bas, dans la vallée, on aurait emprunté une vraie route, dans une voiture légère, bien différente de la chenillette qui avance péniblement sur les pierres et dans la neige.

Ce soir-là, je me lève avec mes frères, nous descendons l'escalier en silence, par rang d'âge, Albert, Manfred, Stefan. Albert a les pieds noirs, il ne se lavait déjà pas beaucoup avant, même si elle l'y forçait.

— Albert, viens prendre ton bain ! Tu veux que je vienne te déshabiller ?

Nous regardons le père par la porte. Il pleure, on dirait un gosse, comme nous. Même si nous ne pleurons jamais devant lui, il nous l'a interdit. Lui, par contre, il le fait, la tête sur la table, près d'un verre de vin et d'une bouteille vide. Si notre père pleure tout est fini. Nous sommes comme ces vers sans squelette que nous écrasons sur le sentier avec nos chaussures trop grandes, toujours une taille de plus pour qu'elles fassent de l'usage. A le voir pleurer la tête sur le bois de la table, je sens que moi aussi je n'ai plus ni squelette ni muscles. J'en reste muet.

Pourquoi pleure-t-il si c'est lui qui l'a mise à la porte ?

Je ne le demande pas à Albert. Il me dit toujours que je ne comprends rien, que je suis un imbécile. Je dis la même chose à Stefan et c'est une chaîne sans fin. Albert est l'aîné, elle lui a parlé la veille de son départ, le soir, je les ai vus. Mais il la déteste quand même et ne prononce jamais son nom. Nous regardons Albert maintenant, dans l'espoir qu'il éclaircisse le mystère de ces larmes.

— Il s'est fait voler sa femme.

Je mets quelques secondes à comprendre. Et puis la mère et la femme se confondent en une seule et même personne. Voler, par qui ? Alors on nous l'a volée à nous aussi. Il faut que les garçons d'en bas, à l'école, n'en sachent rien. Nous sommes tous les quatre dans la même merde.

J'ai jeté les campanules mises à sécher dans un livre, elles ne me servent plus à rien. Nous jetons tout ce qu'elle nous a laissé. Notre père brûle les photos.

Le téléphérique s'arrête, nous sommes arrivés. Les Autrichiens descendent les premiers. Regarde comme elle tremble, la dame. Elle a froid. Tu vas voir comme tu vas te réchauffer en marchant. Je lui dis.

— Ici il fait froid, mais quand on va bouger vous aurez chaud.
— Et l'enfant, on le fait marcher un peu ?
— Non, je le prends sur mon dos.
— Il va peut-être pleurer.

— Marco est un montagnard, il ne pleure qu'avec les femmes, pas vrai ?

Il le met dans le porte-bébé, le petit ne souffle mot.

— Qui vous a dit qu'il s'appelle Marco ?

— Lui, pourquoi vous l'appelez toujours l'enfant ? Il a un nom. Allons-y.

Non mais quel culot. Toujours à me donner des leçons, lui aussi.

Le pâturage est beau. Soleil, herbe mouillée, les vaches se goinfrent et lèvent le museau à notre passage. Marco leur répond aussitôt.

— Meuh.

J'éclate de rire.

— Il adore les vaches, il fait toujours ça quand il en voit.

Pas de réaction. Les touristes autrichiens s'engagent dans le sentier signalé par une pancarte : REFUGE DE LA DAME. FACILE. DEUX HEURES. Pourquoi on prend une autre direction ? je lui demande.

— On ne va pas au refuge ?

— On prend un raccourci.

— Ah. Combien de temps ça va prendre ? La pancarte dit deux heures.

— Par ici encore moins, si on marche au lieu de causer.

Comment sa femme a-t-elle pu résister ? Aucune conversation. Je parie que même au lit, il ne dit pas un mot. Quel ennui. Il touche, il jouit. Une de mes amies dit de son mari.

— De temps en temps, on dirait qu'il arrive à la maison avec son machin à la main. Ça se lit sur son visage, ce soir il veut baiser.

Avec le plouc, ça doit être la même chose. Il enlève sa chemise, laisse tomber son pantalon par terre, comme ça c'est plus facile de le remettre le lendemain, son caleçon. Il ne te regarde même pas, il l'a déjà bien dur.

— Peut-être que l'enfant... que Marco aura faim d'ici peu.
— Dans combien de temps ?
— Une petite heure.
— On s'arrête dans une heure.

J'ai ses souliers sous le nez dans le sentier qui grimpe. Pour le moment c'est facile, mais après ? Je sens que je manque d'entraînement.

Dans ma jeunesse, je fais de la natation. On nous emmène à la montagne, mais au ski j'ai trop froid et comme je suis dans mon monde, je tombe. Je préfère le patinage, un sport qui ressemble à la danse. Il y a de la musique, tu peux t'appuyer sur le garçon qui patine mieux que toi. J'aime bien qu'on me porte. J'ai l'impression d'être légère, de me glisser dans son corps. S'il est doué, il suffit d'une pression pour que tu le suives. Si seulement c'était comme ça dans la vie. Malheureusement la musique s'arrête, on entame la conversation, et ce garçon qui semblait fait pour toi perd tout son charme. Mario ne sait pas danser. Aucun garçon vraiment intéressant ne danse. Pourquoi le monde se divise-t-il ainsi, d'un côté les danseurs, de l'autre les hommes avec qui on peut vivre une histoire ?

Le plouc marche vite, sans forcer. C'est tout ce qu'il sait faire. Il grimpe sur les parois et sur les glaciers avec des cordes. Qui sait combien de montagnes il a escaladées ? J'aimerais bien lui poser des questions sur sa femme, sur ses enfants, sur ses frères. Mais il ne parle pas. Il a pourtant été gentil de nous emmener ici, de porter l'enfant sur son dos. Marco s'est endormi. Sa tête cogne contre l'armature du sac.

— Attendez un instant, je lui mets quelque chose sous la tête.

Il s'arrête sans se retourner. Je prends dans mon sac le vieux pull de Mario, qu'il met pour dormir, et je le glisse sous sa tête. Depuis l'autre soir, je ne supporte plus de le regarder quand il a les yeux fermés. Dès qu'il se réveille, je me sens mieux.

— C'est fait.

Il se remet à marcher. Je suis déjà fatiguée alors qu'on n'en est qu'au début. Deux heures, il faut tenir bon. Plutôt mourir que lui demander de ralentir. Lui, il s'appuie sur son piolet.

Le menuisier a cloué deux morceaux de bois sur le trou de la porte, en attendant de la réparer. Il n'en revenait pas.

— Manfred a dû donner des bons coups de piolet pour la défoncer.

Le jour d'après, à l'hôpital, j'ai tout reconstruit dans ma tête. Ses coups de plus en plus forts, ses cris. Je ne lui réponds pas, je ne suis pas là où je suis. Il force l'entrée, il me voit cachée derrière la porte de la cuisine et l'enfant par terre. Qu'est-ce qu'il a bien pu raconter à la police ?

Et pourquoi décide-t-il ce matin de m'accompagner au refuge ? C'est moi qui le lui ai demandé il y a quelques jours. Il faudra le payer ? Oui, je le paie, c'est mieux, comme ça tout est en règle. De toute façon, même s'il soupçonne quelque chose, il n'a pas de preuves. En fait, je ne crois pas, il avait l'air tranquille, qu'est-ce que ça peut lui faire ? Ça ne le regarde pas.

On entre dans le bois. Les rayons du soleil n'y pénètrent pas. Avec son piolet, il décapite un champignon et le fait rouler dans la pente. Il doit être vénéneux.

— Quels sont ces arbres ?
— Des mélèzes et des sapins.
— Vous connaissez bien ces endroits.
— J'y ai grandi.
— Vous avez trois frères.
— Oui.
— Pas de sœur ?
— Non, heureusement.

Et pas l'ombre d'une mère, j'ai envie d'ajouter, voilà pourquoi tu es comme ça, un mot tous les dix ans et personne pour t'attendre à la maison.

— Moi j'ai deux sœurs.
— Pauvre père.
— En fait il dit qu'il a de la chance et qu'avec ma mère, il a quatre femmes à son service.
— C'est ce qu'il dit.

Je ne le supporte pas. Dès qu'on arrive, c'est chacun pour soi, tu peux en être sûr.

— Vous avez deux enfants, n'est-ce pas ?
— Qu'est-ce qui vous l'a dit ?
— Le porte-bébé était bien pour vos enfants ? Et puis j'ai vu leurs vélos dans l'entrée.
— Simon et Clara.
— De beaux prénoms.
— Des prénoms.

— Quel âge ils ont ?
— Dix et sept ans.
Je ne vais pas jusqu'à lui demander où est sa femme ni pourquoi ses enfants ne sont pas avec lui. D'un autre côté, si je ne le fais pas, j'aurai l'air d'avoir enquêté et de savoir déjà tout.
— Ils ne vivent pas avec vous ?
— Non. Ils viennent à la fin du mois.
Mon Dieu, je suis à bout de souffle, le plouc avance trop vite. Cette montée est épuisante. On marche depuis combien de temps ? Si Marco pouvait se réveiller et se mettre à pleurer parce qu'il a faim, au moins on s'arrêterait. Mais il dort comme un ange, il ne dort jamais autant à cette heure-là. Je suis essoufflée, ça doit être aussi l'altitude.

A la montagne, on marche. Maman n'est pas avec nous. Papa nous met en file et nous raconte des histoires pour nous faire passer le temps et oublier la fatigue.

Il raconte et moi je rêve. Je prends un morceau de son histoire et je m'installe dedans. Revêtue de poussière d'étoiles, je fais disparaître l'un après l'autre mon père et mes deux sœurs. Je monte seule sur la montagne, je n'ai pas peur de rencontrer l'ours qui vit dans sa caverne. C'est en fait un homme gentil qui se cache sous sa fourrure, mais pour qu'il l'enlève, il faut d'abord le dompter. Autrement il la garde et il te dévore. Sous la première couche de sa toison, il y en a une autre, et une autre encore. Pour arriver à la peau, il faut du temps, des heures, des siècles. Entre-temps, tu meurs dans une mare de sang. Les griffes ont creusé des sillons dans ta peau, un coup de dents t'a arraché une joue, les veines, les tendons, les nerfs pendent comme des fils électriques. Tu les vois hors de ton corps, tu es morte. L'ours flaire les trous béants de tes yeux, la caverne qu'il a ouverte sur ta joue. Et puis il s'en va, indifférent. Tu restes seule à te regarder, à regarder ton corps séparé de toi pour toujours.

On peut raconter la même histoire maintes et maintes fois. On peut aussi la changer, donner une épée à la petite fille, en faire une femme. Alors tout recommence depuis le début et ça finit d'une autre manière.

Et ainsi, pour lutter contre la fatigue et l'ennui, je continue jusqu'à ce qu'on arrive au sommet. L'ennui est plus fatigant que l'ascension.

Elle marche bien la petite dame, je n'aurais pas cru. Des jambes maigres et sans muscles, elle est toute en nerfs.

J'accélère l'allure, progressivement pour qu'elle ne s'en aperçoive pas. Elle me suit dans la montée sans souffler mot. Ici, c'est moi qui commande, elle l'a bien compris. Cet itinéraire n'est guère connu, nous ne rencontrerons pas grand monde, mais il faut que j'aie un plan. Je vais la faire marcher jusqu'à ce que le gosse se réveille. Ça va prendre du temps. Avec le bon air et les mouvements de la marche, Clara dormait deux heures de suite. Deux heures à ce train-là et elle est à bout de forces. Alors on s'arrête pour faire manger le gamin et je lui dis quelque chose. Pas tout, une partie seulement. Il faut qu'elle se demande ce que je sais, ce que j'ai compris. Elle va se contredire et cracher le morceau. Comment ils font à la police pour les faire parler ? Ils les poussent dans leurs derniers retranchements jusqu'à ce qu'ils n'aient plus d'échappatoire.

Pourquoi tu fais ça, Manfred ? Pour la punir. Et puis l'enfant est en danger, il faudrait le lui enlever. Mon père a raison, les femmes ne savent pas les élever. Je la menace de le dire à son mari. Bonne idée, c'est ce dont elle a peur. Elle lui a dit de ne pas venir et il a donné dans le panneau. Les hommes ne veulent pas savoir, ils ferment les yeux. Pour avoir Luna la nuit, j'aurais sacrifié Clara et Simon. Pour récupérer sa femme, mon père nous aurait écartés. Ça n'aurait pas suffi.

— L'amour tourne à la haine.

Mon père m'a dit ça, le jour où je lui ai appris que j'allais me marier. Avant.

— C'est courageux de te marier.

Après il se met à raconter. Il ne m'a rien expliqué quand j'étais petit et, maintenant que je suis sur le point de me marier, je n'ai plus envie de savoir. Avec la vieillesse, il a changé, il a une femme en ville. Alors il continue à parler, pas moyen de l'arrêter.

— Jusqu'à la veille de son départ, ta mère tient à moi. Elle sert à table, elle travaille, elle surveille vos devoirs, vous donne votre bain, se déshabille, vient dans le lit. Nous parlons des travaux à faire dans le refuge, des clients qui sont nombreux. Elle me parle de l'Américain, oui, même de lui. Elle me dit que c'est un homme seul, que les Américaines ne lui plaisent pas, qu'il les trouve fausses. Je lui dis, peut-être que tu lui plais toi.

Je l'interromps.

— Alors tu avais compris ?
— Je me doutais de quelque chose. Quand il était là, elle parlait vite, sans jamais le regarder.
— Et tu n'as rien fait pour l'arrêter ?
— Ça lui passera, je me disais. Le soir, je joue aux cartes avec l'Américain. Il ne lève pas les yeux, lui non plus. Ta mère nettoie les tables, nous sert à boire, va se coucher. Elle dit bonne nuit, il dit bonne nuit. Sans jamais se regarder. Il est venu pour faire de l'escalade, il s'y connaît, je l'accompagne quelquefois. Il dit que les montagnes américaines sont fausses. Je lui demande : Comme les femmes ? Il me répond que oui, en riant. Ils se parlent quand je sors avec la chenillette, en ma présence, ils ne peuvent pas. Peut-être que tu lui plais, je dis, et je ne la regarde pas, je ne veux pas lire la réponse dans ses yeux, je ne peux pas. Nous sommes trois à ne plus pouvoir nous regarder. Elle m'embrasse. Je t'ai, j'ai les enfants, tu es mon homme. Elle m'étreint, nous faisons l'amour, la veille encore. Des jours, des mois, des années à transformer les gestes de ce soir-là, les caresses deviennent coups de poing, la peau, le visage, les mains se couvrent de sang. L'amour tourne à la haine.
— Et l'Américain, comment il était ?
— Un homme. Il fait les choses bien, il vient de loin. Il veut une vraie femme, ce que je comprends. Ce n'était pas lui le problème, c'était elle.

Comme Luna. Peut-être qu'elle est avec un autre maintenant, mais quand elle est partie, non.

Il faut traverser le ruisseau. Si je ne l'aide pas, elle tombe et se fait mal.

— Donnez-moi la main, posez vos pieds où je mets les miens.
— Je peux me débrouiller toute seule.
— Non.
Donne-lui la main Marina, tu vas tomber. Déjà que tes jambes tremblent de fatigue.
Ruisselante de sueur, toute rouge, elle n'en peut plus mais elle ne dit rien.
Sa main est sèche et ridée comme son visage.

Une main petite et moite, les ongles soignés. Elle se retourne, le teint écarlate, anéantie.
— Je voudrais m'arrêter et me mouiller le visage.
— Vaut mieux pas, les vaches y font leurs besoins.
— Juste les mains, je ruisselle de sueur.
— Passons d'abord de l'autre côté.
Qu'est-ce qui m'a pris de le suivre ? Il n'y a personne par ici, Marco dort et moi je suis morte.
— C'est encore loin ?
Elle a fini par poser la question.
— Ne parlez pas, faites attention.
Il me serre la main, il a des muscles endurcis et il me fait mal. Des tourbillons rident la surface de l'eau. Le bruit est assourdissant, mais l'enfant ne se réveille pas. Ses souliers sous mes yeux, les miens derrière. Je n'en peux plus. Nous voilà enfin de l'autre côté.
— Je peux me mouiller les mains, maintenant ?
— Oui, sans boire.
Sur son cou, ses boucles noires trempées de sueur. Elle y passe sa main humide pour se rafraîchir. Puis elle se relève et me regarde droit dans les yeux.
— Je suis fatiguée, c'est encore loin ?

— Jusqu'à la moraine, après le bois. Il y a une table et des bancs pour manger.

— Ça fait presque une heure qu'on marche, nous devrions être tout près. On a pris un raccourci, non ?

— On a marché lentement.

— Je n'ai pas l'impression.

— Si vous n'y arrivez pas, je ralentis.

Tu ne m'auras pas, fils de pute, je suis plus forte que toi.

— Je vais y arriver.

Elle résiste, elle ne se rend pas.

— Alors allons-y.

9.

Il mord dans son sandwich au fromage, il me dit sans me regarder.

— Vous pouvez le laisser jouer, aucun danger par ici.

— Et les cailloux ? S'il tombe, il va se faire mal.

— Comme ça il apprend. Ce n'est pas ça le danger.

Silence sur les rochers, personne. Nous trois, la table, deux bancs et, au-dessus de ma tête, la croix du calvaire plantée dans la terre. Sous la couronne d'épines, des gouttes rouges ruissellent sur le front de l'homme en croix, les yeux mi-clos, les blessures gravées dans le bois. Marco lance deux cailloux et le regarde. Je cherche un sujet de conversation.

— Ça impressionne les enfants, ces crucifix, ils sont trop réalistes.

— Il y a pire à la télé.

— C'est possible. Marco ne la regarde pas encore.

— Ils voient tellement de choses.

Ce n'est pas ça le danger. Qu'est-ce qu'il a voulu dire ? Il me regarde maintenant. Qu'est-ce qu'il veut de moi ?

— Vous avez un travail, là où vous habitez ?

— Oui, je reprends après l'été.
— De quoi vous vous occupez ?
— Je travaille dans une société, j'étudie les bilans.
— Ça vous plaît ?
— Oui.
— Plus que le métier de mère de famille ?
— Ne mets pas les cailloux dans ta bouche ! Ce sont deux choses différentes, d'un côté c'est mon travail, de l'autre c'est ma vie. Et vous, ça vous plaît d'être guide ?
— C'est ma vie. Je vais dans la montagne depuis que je suis petit.
— Et vous aimiez faire le père ?
— Je le fais encore. Je suis séparé de ma femme, pas de Simon et Clara.
— Et ça vous plaît ?
— A moi oui. Eux n'aiment pas toujours faire les enfants. Ils n'ont pas envie de se lever tôt, de marcher. C'était un perpétuel sujet de dispute entre ma femme et moi.
— Votre femme est moins sévère que vous ?
— Peut-être. Quand ils étaient petits, nous étions du même avis, et puis elle a changé.
— Après la naissance des enfants, on a plus de mal à se mettre d'accord.
— Ça vous est arrivé aussi ?
— Non. Oui, un peu. On se sent seule. Mon mari travaille beaucoup. Quand il rentre, je suis fatiguée. On mène deux vies différentes. Mais c'est peut-être moi qui me débrouille mal.

Mais qu'est-ce que je lui raconte ? Je suis folle ! Comment je peux lui dire des choses pareilles.

— Vous vous débrouillez mal ?

— Non, je voulais seulement dire que c'est dur, au début, avec les enfants.

Il me regarde droit dans les yeux, quelle sottise de lui dire ça. Marco s'approche de lui, touche à son piolet. Il l'arrête d'un ton rude, comme ce matin dans le téléphérique.

— Non, pas ça, viens ici !

Il le prend dans ses bras, refait le nœud de ses souliers. Puis il touche sa blessure. Marco écarte la tête.

— Combien de points on lui a faits ?

— Six.

Il le met par terre, lui donne un morceau de pain. Marco reste auprès de lui, pose sa petite main sur sa jambe. Parle-lui, Marina, ne lui laisse pas le temps de poser des questions.

— Pourquoi ça s'appelle le refuge de la Dame ?

— Une légende. Il y a très longtemps une femme y est morte, avec l'homme qui l'accompagnait. Au sommet, il y a un tas de pierres. Quand on arrive, on y jette un caillou pour conjurer le sort.

— Comment est-elle morte, la femme ?

— Je ne sais pas, je ne sais même pas si c'est vrai. Les touristes adorent ce genre d'histoires, les tragédies de la montagne. Les journaux en raffolent. Quand un guide meurt, c'est la fête. Mon père nous racontait que la Dame était la Reine des neiges. Elle habitait dans le glacier et fondait pour tenir compagnie aux hommes seuls. Aujourd'hui le glacier fond, et il n'y a plus de Reine des neiges. Les hommes restent seuls.

— Ils sont mieux comme ça, d'après ce que vous dites.

Elle a de l'esprit, la petite dame.

— Ils savent au moins à qui ils ont affaire. Les femmes sont des créatures bizarres.

Je ris.

— Des créatures bizarres. Je n'avais jamais entendu dire ça, c'est charmant.

Voyons si elle va encore rire.

— Elles sont dangereuses.

— Pas possible !

— Elles frappent à l'improviste. Il n'y a pas de quoi rire, hein Marco ?

J'en reste muette.

— Pourquoi lui dites-vous ça ?

— Il sera un homme. Il faut qu'il apprenne à connaître les femmes, à s'en méfier.

Je n'arrive pas à avaler le pain que j'ai dans la bouche. L'air me manque. Autour de nous, des blocs de pierre qui ont roulé vers la vallée, dressés les uns contre les autres, immobilisés dans l'instant du choc, le Christ au-dessus de ma tête. Une sorte de Chemin de Croix. Pourquoi être venue ici ? Je demande d'une voix rauque.

— Vous avez si peu d'estime pour les femmes ?

— On a de l'estime pour un ami, quand il le mérite.

— Et l'amitié entre les hommes et les femmes n'existe pas ?

— Non. On y va.

Il se lève, range le sac avec les sandwichs, charge Marco dans le porte-bébé. L'enfant ne souffle mot, puis se tourne vers moi et répète sur le même ton.

— On y va.

Le plouc éclate d'un rire qui étire les rides de son visage, plisse ses yeux d'enfant méchant. Marco rit avec lui, de moi. Je cherche quoi dire.

— Je lui mets son pull, il aura peut-être froid dans la montée.

Il ne répond pas. Je me sens pitoyable. Les jambes me font mal. Ils sont déjà loin, dans la pierraille, ils montent, légers et complices.

On l'a laissée derrière. Je parle à l'enfant pour qu'il n'ait pas peur sans sa mère.

— Quand on était petits, mes frères et moi, on courait sur ces cailloux et le premier arrivé à la maison mangeait tout. Tu as encore faim, Marco ?

— Oui.

— Une fois au refuge, je te donne une assiette de pâtes. Ta maman te donne de la soupe, mais tu aimes mieux les spaghettis.

Je l'aperçois du coin de l'œil. Elle avance à grand-peine, elle est loin, elle appelle, mais on ne l'entend pas. Nous allons plus vite, nous la laissons dans la montagne, on va voir si elle est capable d'arriver en haut toute seule.

— Tu as encore mal à la tête, Marco ?

— Oui.

— Tu comprends tout, hein ? C'est ta maman qui t'a fait ça. Maintenant que tu le sais, tu ne te laisses plus avoir.

Il se retourne dans son sac et la regarde de loin. Quand on est enfant, on n'a pas besoin de mots pour comprendre les choses.

— Maman vient ?

— Oui, elle vient. Pour le moment on marche devant et elle nous rejoint.

Rien à faire. Une mère peut leur faire n'importe quoi, eux ils continuent à demander : maman vient ?

— Je ne sais pas encore comment cette histoire va finir, Marco, mais il faut que ta mère avoue, qu'elle dise la vérité. Elle pleure, se désespère, reconnaît sa faute. Après on attend papa et on lui dit tout.

— Papa.

— Oui. Je ne sais pas comment il est, peut-être qu'il s'en fout et ne nous croit pas. Elle n'aura pas trop de mal à le mettre dans son camp. Il faut du cran pour braver sa femme et rester seul avec son gosse. C'est pour ça qu'elle doit dire la vérité, à ton père aussi. On n'est pas des idiots, même si parfois on fait semblant de l'être. Toi aussi tu connais ça, Marco. Tu peux avoir intérêt à jouer la comédie pour qu'on te laisse tranquille. Mais si on veut la vérité, on peut l'obtenir. On est forts. Tu peux te passer d'elle, Marco. Il suffit de te dire qu'elle n'a jamais existé. Elle a fait ce qu'il fallait pour te mettre au monde et puis on l'a mise à la porte.

— Maman vient ?

— Tais-toi !

— Maman vient ?

— Ne pleure pas, je t'ai dit ! Arrête ! Bon, pleure si tu veux, ça te passera.

Salaud ! Où tu vas avec mon enfant ?

Mais je te suis. Je ne me perds pas, je ne ralentis pas, même si je ne sens plus mes jambes, que les ampoules me brûlent dans mes chaussures, que mes larmes coulent toutes seules. Je les vois au loin, dans un brouillard. Le salaud, il accélère, disparaît derrière le tas de pierres. N'aie pas peur, Marina, ne te rends pas. J'appelle, dans le silence.

— Marco ! Marco !

Ne crie pas, économise tes forces, garde la tête froide. Réfléchis un peu. Cet enfant est à toi, il n'a pas de preuves, la police ne l'a pas cru, il s'imagine qu'il peut me faire chanter. Le chemin, il y a des flèches sur les rochers, suis-les. Grimpe, ne pleure pas, réfléchis.

Ça va être long, mais tu arriveras là-haut et après tu le dénonces. Il y a du soleil, suis les flèches.

Enfant, tu étais pleine de force, Marina, qui t'a rendue si faible ? Comment as-tu pu faire ça ? Qu'importe, il ne faut plus y penser. C'est le seul moyen d'être plus forte que lui, sinon il te tient. Il déteste les femmes, je suis tombée sur un psychopathe. Je hurle.

— Marco, Marco !

Il ne lui fera rien. Le seul danger pour lui, c'est moi, sa mère. Je m'affale sur une pierre. J'ai maintenant toute la scène devant les yeux.

Marco pleure sans s'arrêter, il a du sang sur la tête. Je glisse, nous sommes tous les deux par terre, débris de bouteilles, huile, vin. Je ne me relèverai plus, j'en suis incapable. Enfermée dans les ténèbres qui sont en moi, je ne vois plus rien, je le cogne contre la table, moi, sa mère.

Des pierres partout, la poussière, le ciel clair et glacé. Personne. Y a-t-il moyen de réparer ce que j'ai fait ? Peut-on revenir en arrière ?

Dans l'album de photos de ses deux anniversaires, tout a l'air facile. J'ai fait le gâteau et la maison grouille d'enfants. Un succès.

Il se réveille la nuit, parfois toutes les heures, je m'assieds par terre à son chevet. J'ai mal au dos, j'ai sommeil et je chante. Je ne peux pas l'emmener dans le grand lit, interdit. Le matin et l'après-midi, le parc, jusqu'au soir, ça le défoule. C'est notre univers. Deux tours de manège, seulement deux mon amour, sinon on sera en retard. Ne mets pas de cailloux dans ta bouche. Où est l'erreur ? Quand est-ce que je me suis trompée ?

Je prévois toujours les problèmes, comme ça ils ne me surprennent pas, mais ça n'a pas marché. Je suis trop étourdie, comme quand j'étais petite.

— Marina, à quoi tu penses ? Où es-tu ?
— Je suis ici, maman.

Il ne faut pas que je me perde, je dois mettre de l'ordre dans mes pensées, tout préparer : courses, repas, sommeil, maison, parc, fêtes, fièvre, docteur, Mario, mère, sœurs, bonheur, jugement.

On revient du parc. Tous les jours la poussette, les sacs de provisions dans un coin de l'ascenseur, les clefs. Où sont les clefs ? Je les ai laissées à l'intérieur, une fois de plus.

Je m'assois par terre dans l'ascenseur, comme maintenant sur les pierres, et je pleure. C'est tout ce que les femmes savent faire, on me l'a dit mille fois. L'enfant me regarde, prend un paquet de gâteaux dans le sac de provisions, mord dedans, essaie de l'ouvrir. Je sais ce que dira Mario.

— Tu as laissé les clefs dans la maison, encore ! Va chez ta mère et attends-moi.

Et ce que dira ma mère.

— Tu as encore oublié les clefs dans la maison ! Mais où as-tu la tête, Marina ?

Cette fois, ils ne le sauront pas. Plutôt mourir.

Je crie à l'enfant.

— Laisse les gâteaux !

Je sors de l'ascenseur avec les sacs de provisions, la poussette, l'enfant qui pleurniche. On va chez le serrurier.

— Ouvrez-moi cette fichue porte, avec une carte, comme les voleurs.

Il m'accompagne, il ouvre, je suis enfin chez moi, saine et sauve. Mario ne saura jamais rien.

Le serrurier me regarde avec compassion. Je pourrais l'aimer, lui ou un plombier, un électricien, un maçon, un forgeron, un mécanicien. Avant de baiser, ils réparaient les portes, les machines à laver, les moteurs.

Il est tard, l'enfant s'est endormi dans sa poussette sans manger, en serrant dans ses bras le paquet de biscuits encore fermé. J'aurais pu lui en donner quelques-uns, mais avant le repas c'est interdit, ça coupe l'appétit. Maintenant il est trop tard pour qu'il mange, il est trop tard pour tout.

Lève-toi, marche, rattrape-les. Il est parti avec ton enfant.

Dans le ciel, sur la crête des montagnes, un oiseau en vol. Un aigle ? Il ne se pose jamais. Que voit-il depuis le ciel glacé ? L'étendue des pierres, les cimes. Une femme assise sur une pierre.

Pourquoi tu pleures ? L'enfant est avec lui. Tu es libre. Descends au village, prends quelques affaires et va-t'en. Sur la route, tu fais du stop. Tu t'arrêtes dans un hôtel, tu dors deux jours. Au réveil tu décides où aller et avec qui. Tu avoues.

— C'est bon, je ne suis pas à la hauteur, je ne suis pas une bonne mère.

Mario s'occupe de l'enfant, pendant la journée il le confie à ma mère et le reprend le soir. Mes sœurs l'emmènent à la plage. Pour moi, une petite maison n'importe où, un travail, l'argent que je gagne. Cinéma le soir, promenades, un homme si j'en ai envie, ou bien toute seule chez moi, dans le silence. Comme ici. Tu peux avoir des moments de distraction, suivre tes pensées, tes chemins, tes histoires, tes amours, tes fêtes, et tu ne causes plus d'ennuis, tu ne fais plus de mal à personne.

Le soir, si tu penses au petit et qu'il te manque, tu as sa photo, celle avec le pull rouge. Tu la regardes, tu lui parles.

Tout va mieux sans moi, papa te lit des livres. Ta grand-mère sait comment s'y prendre, tes tantes l'aideront. Il ne te manque rien. Je ne te ferai plus de mal. Il est juste que je n'aie de toi qu'une photo.

— Bonjour, vous ne vous sentez pas bien ?

Qui c'est ? Je ne les ai pas vus arriver. Un homme et une femme. Les Autrichiens du téléphérique. Non, des Italiens. Une petite fille est avec eux, elle me regarde.

— Je dois rejoindre mon fils, il est parti là-haut avec le guide. Je me suis assise pour me reposer et maintenant je ne connais pas la route.

— Ils sont allés au refuge ?
— Oui.
— On y va, vous pouvez venir avec nous.

Je me lève. Un dernier coup d'œil vers le ciel. L'aigle a disparu. Aucun oiseau en vol dans le ciel vide.

10.

Le refuge, un bâtiment de deux étages en pierre et en bois. C'est de là que la mère s'est enfuie. Des fleurs aux fenêtres, des rideaux. En hiver il doit être caché par la brume. De loin c'est comme un mirage, on croit qu'il est tout près, on marche et l'on n'y arrive jamais. Maintenant je pourrais monter pendant des heures, je ne sens plus ni mes pieds, ni mes jambes.

Je ne l'aperçois pas dehors, il m'attend peut-être à l'intérieur avec Marco. Pendant la montée, j'ai médité ma vengeance. Je suis froide, j'ai séché mes larmes. Plus jamais devant lui. Les cris, les pleurs, les plaintes, plus question ! Tu dois maîtriser l'affrontement, si tu veux récupérer ton fils.

J'ai réussi à faire la conversation avec les parents, à parler à la fille.

— Quel âge as-tu ?
— En quelle classe ?
— Tu es une bonne marcheuse.
— Nous l'avons habituée toute petite.
— Vous êtes de bons parents.

Ils m'ont posé des questions sur Marco. J'ai répondu comme si tout était normal.

— Et le refuge, on y arrive quand ?

Je voudrais demander à chaque tournant. Je ne le fais pas. Je tiens bon, je suis forte, ma haine pour lui me fait du bien. Je me battrai, je résisterai à son chantage.

J'avais de la méchanceté quand j'étais gamine, je ne me laissais pas rouler. Elle a disparu avec la naissance du bébé. C'est quand on n'est plus capable d'être méchant, qu'on le devient vraiment. On s'arrête devant le refuge.

— Voilà, vous êtes arrivée.
— Vous n'entrez pas ?
— On continue jusqu'au lac. On a des sandwichs.

Je monte les trois marches de pierre. Je m'arrête devant les fenêtres de la véranda, je me regarde. Trempée de sueur, le visage défait, pas présentable. J'arrange mes cheveux, je prends un mouchoir dans mon sac, j'essuie la sueur. J'ai aussi du rouge, il n'en reviendra pas. Une légère couche sur les lèvres.

Je me regardais dans les vitrines des magasins quand j'allais à l'école. Je ne suis jamais sûre d'être comme il faut, j'ai toujours peur d'être trop tape-à-l'œil, ou pas assez.

J'ouvre la porte, je pense à la main de la mère posée sur la poignée, la nuit de son départ. J'ai l'impression d'être elle et de revenir présenter les comptes à ses enfants et à son mari.

Des vestes sont suspendues au mur de l'entrée. Une marmotte blanche empaillée, dressée sur ses pattes arrière, regarde dans le vide, auprès d'un traîneau en bois usé. Un joyeux brouhaha arrive de la salle à manger. Je suis sur le seuil, mais je ne les vois pas. Des gens à table qui mangent et bavardent. Derrière le comptoir, deux femmes servent à boire. Sur les murs de pierre, les regards vitreux, les têtes coupées d'élans et de chevreuils. Il est assis à la dernière table, près de la fenêtre, entre un homme et Marco. Mon fils, une serviette autour du cou, essaie d'enfourner dans sa bouche des spaghettis avec les mains. Il m'a déjà oubliée.

— La voilà, elle a réussi.
— A quoi tu t'attendais, Manfred, à ce qu'elle reste là-bas ?

Voilà qu'elle me sourit maintenant. La montée lui a fait perdre la boule.

— Qu'est-ce que tu veux faire, Manfred ?
— Il faut qu'elle dise la vérité, Albert, devant témoin.
— Ce ne sont pas tes affaires. Pourquoi tu veux t'en mêler ? Qui va te croire ?
— C'est pour ça qu'elle doit le dire elle-même.

Elle avance d'un pas tranquille entre les tables, elle s'est même maquillée. Tout le monde la regarde, qu'est-ce qu'elle veut faire ? Elle se penche pour embrasser son fils.

— Bonjour mon cœur. Tu vas bien ? Tu avais faim mon pauvre chéri !

Souris, Marina, avec gratitude.

— Merci de l'avoir amené. Il avait si faim et je marchais si lentement ! Je manque d'entraînement.

Souris aussi à l'autre, tends-lui la main. Tout doit se dérouler normalement, une rencontre entre gens civilisés.

— Marina, je suis la maman de Marco.
— Albert, le frère de Manfred.

Ah, c'est l'autre frère, le propriétaire du refuge. Il n'a pas dû oser lui en parler.

Elle s'assied comme s'il ne s'était rien passé. Elle prend l'enfant dans ses bras, le fait manger. Et elle parle, elle parle.

— J'ai fait du sport, mais je n'étais pas préparée à la fatigue de l'ascension. A propos, j'ai rencontré deux touristes. Ils m'ont dit que notre chemin n'était pas vraiment un raccourci. Cinq kilomètres en plus, une belle balade ! Votre frère voulait me mettre à l'épreuve ! Il a bien fait, maintenant je me sens en pleine forme et je me suis bien amusée ! La montagne était tellement belle sous ce soleil.

Elle embrasse l'enfant et essuie sa bouche couverte de sauce tomate.

— Il a été gentil ?

Cette femme est folle.

— Il a pleuré un peu, et puis il s'est calmé.

— Normal, je n'étais plus là. J'aurais sans doute dû lui dire au revoir. C'est comme ça qu'il faut faire quand on s'en va, mais je n'ai pas eu le temps, vous aviez disparu.

Ils t'écoutent, ne lâche pas.

— Les enfants n'ont pas la notion du temps. Si leur mère disparaît pendant une heure, ils croient qu'elle est partie pour toujours, qu'elle ne reviendra plus, qu'ils sont seuls, abandonnés. Il n'y a pas de peur plus terrible.

Le frère me regarde avec beaucoup d'intérêt.

— Vous avez étudié la psychologie infantile ?

La psychologie ! Albert est fou, je viens de lui dire ce qu'elle a fait à son fils.

— Non, mais quand j'étais enceinte de Marco, j'ai lu des tas de livres. Il faut se préparer à la maternité, à la paternité aussi, d'ailleurs. Vous avez des enfants ?
— Trois, deux garçons et une fille.
— Ils vivent ici au refuge ?
— Oui.
— Ils ne doivent pas avoir beaucoup de copains.
— Non, mais ça ne leur manque pas, ils vont à l'école et ils s'amusent entre eux. C'est comme ça qu'on a grandi, nous aussi.
— Vous en avez gardé de bons souvenirs ?
— On était libres, on pouvait aller où on voulait.

Où veut-elle en venir cette idiote ? Et Albert qui lui répond.

Tu croyais avoir gagné, mon salaud, tu ne me connais pas. Marco me tend à la fourchette ses spaghettis refroidis.

— Merci mon amour, maman n'a pas faim.

Continue à parler avec son frère, Marina, fais comme s'il n'était pas là.

— Vous avez raison, ici les enfants sont libres, il y a l'air pur, le silence.

Maintenant c'est moi qui vais te clouer le bec, idiote.

— Exact. C'est à la ville, dans les maisons, qu'on court les plus grands dangers.

Ne le regarde pas, ne lui réponds pas, ignore-le.

— Manfred est venu à mon secours quand l'enfant s'est fait mal, il a dû vous le raconter. Il nous a emmenés à l'hôpital, il a pris soin de nous. Il m'a vue dans un tel état ce soir-là ! Je ne me souvenais de rien, je n'arrivais plus à parler. Je ne lui ai pas fait belle impression ! J'avais tellement peur que l'enfant se soit fait mal. Je lui suis très reconnaissante. Et aujourd'hui il nous a accompagnés jusqu'ici. Un endroit superbe. Isolé mais superbe. Je me demande si je pourrais y vivre. Votre femme s'y plaît ?

— Elle a l'habitude.

— C'est une des deux femmes qui servent au bar ?

— Oui, la brune.

— Excusez-moi, je dois changer Marco, il est mouillé. Où je peux aller ?

— La salle de bains est à l'étage, l'escalier près de l'entrée.

Je le prends dans mes bras, je le serre contre moi, j'avance entre les tables. Mon enfant.

— Manfred, tu veux faire interner toutes les femmes que tu rencontres ? C'est toi le malade.

— Elle avait décidé dès son arrivée de donner l'image d'une bonne petite maman. Elle ne fait que ça du matin au soir. Ecoute-moi, Albert. J'entre dans la cuisine, l'enfant est par terre, évanoui, dans les débris de verre, du sang sur la tête. Et elle se cache.

— Elle était terrorisée, elle te l'a dit.

— Réfléchis un instant : les pleurs de l'enfant, le hurlement de la mère et puis plus rien.

— Mais il est arrivé à Bianca un truc de ce genre.

— Quoi ?

— Silvia pleure pour n'importe quoi, comme tu le sais, c'est notre seule fille, la petite dernière, on l'a gâtée. Un jour Bianca lui donne une bonne raclée, elle est hors d'elle. La gamine s'en va en hurlant, elle glisse, tombe, se cogne la tête. Lorsque j'arrive, je trouve Bianca assise sur une chaise à regarder sans rien faire sa fille qui saigne.

— Et si tu avais été derrière la porte, que tu l'avais appelée en criant comme un fou, elle ne t'aurait pas ouvert ?

— Manfred, ôte-toi cette histoire de la tête. Cette femme a lu des tas de livres, elle en sait plus que toi et moi. Tu ne t'es pas remis de l'histoire de Luna.

— Explique-moi une chose : je lui enlève l'enfant, je la laisse toute seule dans la montée, elle hurle, elle nous crie de l'attendre. Après quoi elle débarque ici toute tranquille. Merci de l'avoir amené et de l'avoir fait manger, c'est très gentil de votre part.

— Et alors ?

— Elle a quelque chose à cacher. Une femme qui agit comme ça avec mon fils, moi, je lui en colle une.

— Parce que tu es fou, Manfred. C'est pour ça que Luna t'a quitté.

Tu es tout trempé, mon pauvre petit, même ton pantalon. Mais tu as de belles joues bien rouges !

— Rouges.

— Oui, rouges. Tu n'as pas eu peur, mon trésor, sans maman ?

Il me regarde, sans rien dire. A quoi pensent les enfants quand ils ne disent rien ? Oubliera-t-il aussi cette soirée dans la cuisine ?

— Ne bouge pas, j'ai bientôt fini.

La porte de la salle de bains s'ouvre, je me retourne. La femme brune qui était derrière le bar, la femme du frère.

— Vous pouvez venir chez nous, ici ce n'est pas commode et ce n'est même pas très propre.

— Merci, mais j'ai presque fini.

— Venez, je vous en prie.

— Merci. Il faut que je le change complètement, il a mouillé son pantalon. Vous êtes la femme du frère...

— Bianca, la femme d'Albert.

On monte l'escalier, je la suis. Au premier étage, je jette un coup d'œil sur le couloir étroit et sombre. Elle m'explique.

— Ce sont les chambres du refuge. On habite au deuxième étage.

Elle ouvre une porte pareille aux autres, derrière c'est leur maison, des chambres propres, en bois clair.

— Que c'est beau !

— Nous venons de refaire notre appartement. En revanche le reste du refuge n'est pas tout jeune et n'a jamais été rénové. Il faut beaucoup d'argent. Vous pouvez le mettre là pour le changer.

— Merci.

La maison est agréable. Sur trois lits alignés côte à côte, les marionnettes des enfants. Ils dorment ensemble, comme mes sœurs et moi. Me coucher, me faire adopter par cette femme accueillante. Je ne veux plus rester seule avec Marco.

— Albert m'a demandé de vous dire...

Je lève la tête, je la regarde.

— Il s'excuse pour son frère.

— Manfred ?

— Oui. Prendre l'enfant, et l'amener ici en vous laissant sur le chemin. Il a des idées folles, même s'il n'est pas vraiment fou. Sa femme est partie et elle a emmené les enfants. Manfred ne s'en est pas remis. Il en veut aux femmes, à toutes les femmes.

— J'ai remarqué.

On se met à rire.

— Quand il monte ici, c'est à peine s'il me dit bonjour, il me demande tout de suite où est son frère. Je voudrais avoir des nouvelles de ses enfants, Clara et Simon, savoir s'il les a eus au téléphone. Ils ont grandi ici aussi, je les aime bien. Luna les amenait jouer avec leurs cousins, ils nous manquent. Luna et moi, on était devenues amies. Les Sane ne sont pas bavards, mais Manfred, lui, est carrément un ours. Je vais vous chercher une serviette propre.

Elle sort de la pièce.

Je n'ai pas eu besoin de me venger. Le faux pas, cette fois, c'est lui qui l'a fait. Il aurait pu me faire chanter, me forcer à parler, j'aurais peut-être cédé. Mais il n'a pas eu le courage de m'affronter. Ici, personne ne le croit, il est fou et déteste les femmes.

Bianca me tend la serviette.

— Le pantalon mouillé, vous pouvez le mettre à sécher sur le balcon.

— Merci.

La salle de bains en ordre, la cuisine de bois, le balcon avec les géraniums. Je n'ai pas envie de retourner dans l'appartement du village, avec Manfred au-dessous de chez moi. Je n'arrive plus à entrer dans la cuisine le soir. Je revois les bouteilles cassées par terre, l'huile et le vin sur le carrelage, l'enfant avec les yeux fermés, le sang. Ça sent encore le vin.

— C'est très mignon chez vous ! Si je n'avais pas loué la maison du village, en bas, je resterais un peu.

— Il y a des chambres libres.
— J'ai déjà payé l'appartement.
— Comme vous voulez. Je prépare le repas ?
— Non, il a déjà mangé, je vais le mettre à dormir dans le pré, il est fatigué. Merci pour tout, je reviendrai chercher le pantalon.
— A plus tard !

Peut-être que je me suis trompé, qu'Albert a raison.
— Il faut que tu te trouves une femme. Tu es trop seul, Manfred.
Mais je n'en veux pas. J'ai déjà traversé l'enfer, j'ai bien mérité la solitude.
Je m'avance sur la terrasse. Elle est là, dans le pré. L'enfant dort sur elle. Elle a les yeux fermés.
Au fond je déteste cet endroit et je suis toujours forcé d'y monter. Avec mes clients, et aussi pour voir Albert. La balançoire derrière la maison, on y passait des heures. Maintenant ce sont mes neveux qui y jouent. C'est un des souvenirs que j'ai gardés d'elle. Elle étend le linge auprès de la balançoire, comme le fait encore Bianca. Rien ne change.
Comment Albert peut-il supporter de vivre ici, de les voir faire toujours les mêmes choses ? Elle les réveille le matin, les lave, les habille, leur dit au revoir avant qu'ils descendent avec lui à l'école. Comme nous.

L'après-midi, quand on revient, la mère nous fait asseoir devant des tasses de thé chaud et trois tranches du gâteau qu'elle a fait le matin pour les clients. Elle les a mises de côté pour nous.

— Vous êtes gelés, comment ça s'est passé à l'école ?

Et puis elle nous envoie jouer.

— Manfred, vas-y aussi ! Arrête de te coller à mes jupes, je dois faire la cuisine.

Et un jour, quand on revient de l'école, elle n'est plus là. La femme de ménage nous a laissé deux tranches de pain chacun et un morceau de beurre. On doit l'étaler tout seuls. Le beurre est gelé, la tranche de pain s'émiette tout de suite.

Ils ont trois enfants eux aussi. Tout est pareil, tant que Bianca reste. Il y en a qui ont la manie de répéter les mêmes choses, d'autres de rompre avec elles.

Ils dorment enlacés dans le pré. Albert m'a demandé de m'excuser, mais pas question. Je ne suis même pas convaincu que ça s'est passé comme il le dit. Je me fie à Albert, mais encore plus à moi. Je lève les yeux vers la cime du Géant. Les montagnes ne changent guère, elles non plus.

Par la fenêtre de notre chambre, au premier étage, je regarde, avant de m'endormir, la crête de la montagne du Géant. Je suis sûr que le géant habite dans la montagne et dort avec les rochers et les arbres sur la tête. S'il se réveille, il sort, fait trembler la terre et engloutit le refuge.

Les enfants réfléchissent plus que nous.

Depuis que Simon et Clara sont partis, je marche pour éviter de penser et de ressentir cette douleur à l'estomac. J'ai consulté un médecin.

— Tu n'as rien, Manfred. Je te donne des gouttes pour te calmer.

Je ne les ai même pas achetées.

Je ne voulais pas la frapper. De toute façon, ce n'est pas pour ça qu'elle est partie. En tout cas, je ne voulais pas. Ma haine, je la gardais en moi. Je ne voulais pas la cogner contre le mur, faire jaillir le sang de son nez. Elle est tombée, elle me fixait en silence, n'arrivait pas à y croire. Moi non plus. Ce n'était pas son visage que j'avais frappé mais le mien, pour me libérer d'elle.

Trois heures, il faut partir. Je vais l'appeler, lui demander si elle veut descendre avec la Jeep, si elle est fatiguée. Mais pas question de m'excuser.

Debout devant la mère et l'enfant enlacés, je lui fais ouvrir les yeux en lui masquant le soleil.

— Il est trois heures, il faut redescendre.

Elle se dresse brusquement.

— Vous m'avez fait peur.

Il est tout souriant le plouc, ça lui plisse le visage, on dirait un vieux. Il a réveillé aussi Marco. L'enfant se lève et veut s'approcher de lui, mais cette fois je le retiens près de moi.

— Ne vous inquiétez pas pour nous, vous pouvez y aller.

Il me regarde sans comprendre.

— Vous redescendez tout seuls ?

— Oui, plus tard, ou bien nous resterons au refuge.

Il n'en revient pas.

— Vous restez ici ?

— Oui, peut-être. On m'a dit que dimanche c'est la fête de la Dame, celle qui est morte avec l'homme qui l'accompagnait. On danse, on mange du chevreuil, on s'amuse.

— Je sais bien, je suis né ici.
— Ah oui, c'est vrai.
— Mais vous n'avez pas pris de bagages.
— On a de quoi tenir trois jours. Je vais me débrouiller. J'ai trois couches, Bianca demandera demain à Albert de m'en acheter au village.
— Bianca demandera à Albert ?
— Oui, à votre frère.
— Ah. Alors je m'en vais ?
— Marco, dis au revoir à Manfred ! Dis-lui ciao, merci pour tout, à bientôt.
— Ciao !
— C'est bien, mon chéri.
— Au revoir.
— Au revoir. Au moins, pendant quelques jours, vous ne l'entendrez pas pleurer.

Il se retourne. Il a l'air dépité, il ne s'y attendait pas.

Elle a gagné, comment elle a fait ? C'est une fatalité, je me crois le plus fort et je perds toujours. D'abord avec Luna, maintenant avec celle-là.
— Attendez !
— Quoi ?
— Les clefs de l'appartement, le menuisier vient demain réparer la porte. Vous pouvez les laisser dans le porte-parapluie ?

11.

Je regarde ma montre, huit heures. Marco a dormi toute la nuit. Je me lève d'un bond, je me penche sur son lit. Les yeux fermés, les poings serrés, le ventre à l'air, couché sur le dos, emmitouflé dans le vieux pull de Mario. J'approche mon oreille de sa bouche, il respire. Je me rassois sur mon lit, je suis peut-être dans une autre vie. Je n'ai pas sommeil, je me suis réveillée toute seule, sans l'entendre pleurer. C'est la première fois depuis deux ans. Sous les couvertures, je me repasse le rêve. Il défile sur le papier usé de la chambre, sur les taches laissées par les enfants d'autrefois, paysages familiers. Dans l'encadrement de la fenêtre, une seule montagne, isolée des autres sommets. D'immenses rochers noirs dessinent le profil d'un homme endormi. La montagne du Géant, m'a-t-on dit.

C'est dans cette chambre que dormaient les trois garçons abandonnés par leur mère. Quand Albert et Bianca se sont mariés, ils ont déménagé à l'étage au-dessus. Le lieu voué à la solitude des enfants est maintenant une des dix chambres du refuge. Bianca m'y a accompagnée.

— Les enfants dormaient là quand l'appartement était en bas.

Hier soir j'ai découvert un dessin caché sur le mur, à côté du lit, entre deux fleurs décolorées, un tout petit bonhomme avec des skis aux pieds et des lunettes. Aucun des trois n'en porte, alors qui c'était ? Un copain ? Le père ?

Je n'ai pas dit à Mario que nous sommes restés ici. Trop long à expliquer et inutile. Les bords du plancher sont tout noirs. Le refuge est vieux. J'ai lavé Marco dans le lavabo fixé au mur. Dans l'après-midi, il a joué avec les enfants de Bianca.

— Laisse-le, les deux grands veilleront sur lui. Ils ont l'habitude, ils s'occupent de leur sœur.

Ils jouent derrière la maison. La balançoire, un tas de terre avec des seaux et des pelles, les draps qui sèchent. Sous le bûcher, la couche d'une chatte qui vient d'avoir des petits. De temps en temps j'apparais à la porte. Marco est ivre de joie, il tient un chat dans ses bras, se fait pousser sur la balançoire par le plus grand, renverse sur la tête de la petite un seau de terre. Quand je le lave le soir, il dort déjà.

Il y avait Manfred dans mon rêve, avec des lunettes. Son visage, ses rides, ses yeux clairs, son sourire méchant. Mais il n'est pas plus haut que Marco, c'est un nain. Je le présente à Mario.

— Voilà notre enfant, tu ne le connaissais pas. Je regrette, mais il est né comme ça, on n'a pas le choix, on ne peut rien y faire.

— Il ne me plaît pas.

— Tant pis pour toi, c'est comme ça.

Nous sortons jouer dans le jardin. Maintenant je suis Silvia, la fille de Bianca, et lui, il me pousse sur la balançoire. Nous allons regarder sous le bûcher pour savoir ce que sont devenus les petits chats. Il neige. Ils ont disparu, mais il y a encore des traces de sang sur la terre. La chatte dort. Manfred lui donne un coup de pied pour la réveiller.

Ce n'était pas un mauvais rêve. Le terrain de jeux, la balançoire, la neige, le bûcher. Le coup de pied de Manfred à la chatte me faisait du bien, tout comme les traces de sang que la neige ne recouvrait pas.

Marco s'est levé, il me regarde.
— Bonjour ! Tu as beaucoup dormi ! On s'habille, on déjeune et on va jouer avec les enfants ?
— Oui.

Vous pouvez laisser les clefs pour le menuisier ? Tout juste si elle ne me demandait pas de faire ses valises et de les lui apporter au refuge ! Je les glisse dans le porte-parapluie et je m'en vais.

Le ciel est à nouveau gris. Les touristes arrivent pour la fête. Ils m'ont réservé pour aller au refuge, s'amuser sur la ferrata, manger du chevreuil. J'ai du mal à avaler l'idée qu'elle est là-haut avec Bianca et Albert. Elle fourre son nez partout, elle bavarde et en plus Bianca n'a jamais été de mon côté.

Elle s'entendait bien avec Luna. Elle la protège, elles se font des confidences. Elles baissent la voix quand on s'approche, mon frère et moi. Albert n'y attache pas d'importance.

— Qu'est-ce que ça peut te faire ? Nous aussi, on dit des choses qu'elles ne doivent pas entendre.

— De quoi on parle ? De rien.

— Du cul de Caterina en ville, et qu'on aimerait bien la baiser.

— C'est bien ce que je disais, de rien. Tu ne connais pas les femmes, Albert.

Un jour je me cache derrière la porte de la chambre et j'écoute Bianca et Luna bavarder.

— Albert a mauvaise haleine.

Luna répond aussitôt.

— C'est l'oignon. Un jour Manfred est resté en ville. J'ai mangé devant la télé, j'ai dormi de travers dans le lit en prenant toute la place et je me suis dit : s'il ne revient plus, ce sera dommage, mais je m'y ferai.

Et elles éclatent de rire.

— Les femmes peuvent se passer de nous, Albert.

— Tu dis des conneries. C'est nous qui pouvons nous passer d'elles. Rappelle-toi notre père !

Et pourtant, une fois vieux, il s'en est trouvé une, peut-être cette Caterina dont le cul nous plaisait. Un jour, je passe sans prévenir et je découvre qui c'est.

Quand Simon et Clara arrivent, j'arrête un moment de travailler. Je les ai appelés hier soir. Au téléphone ils ne parlent pas, ils répondent par oui et par non quand je leur pose la question. Luna ne dit pas grand-chose non plus. Je lui ai demandé.

— Tu peux les mettre dans le train, j'irai les chercher, il n'y a qu'une heure de voyage.

— Ils sont encore trop petits, Manfred, ils ne peuvent pas voyager tout seuls.

— Tu n'as qu'à les accompagner, alors.

— J'ai du travail à l'école.
Elle n'a pas envie de me voir, de revenir ici.

Je regarde la porte cassée, le panneau cloué sur le trou. Je ne suis plus revenu depuis le soir de l'accident. C'est ma maison après tout, je jette un coup d'œil et je m'en vais. J'enfile la clef, je pousse la porte.

Il reste une odeur de vin. Dans la chambre, l'armoire est ouverte, des vêtements traînent sur les chaises, les lits sont défaits.

Sur la table de nuit, une photo avec trois petites filles. Je l'approche de mes yeux, on dit pourtant que les myopes gagnent à vieillir. Il va falloir changer mes lentilles de contact. Au moins je n'ai plus l'œil bigleux, on ne remarque plus rien.

Ça doit être celle de gauche, la seule qui ait les cheveux bruns. Quel âge elle peut avoir ? Huit ans, dix ans ? Et les autres ? Des sœurs, des cousines, des amies.

A côté de la photo, un calepin. Des listes de courses, des dessins de fleurs, de maisons, de montagnes, peut-être pour amuser le petit.

Je prends le carnet sur la table de nuit, une feuille tombe par terre. Je la déplie, je m'assieds sur le lit défait.

Tu dors avec Marco depuis trois nuits, je ne sais pas pourquoi, tu ne veux pas en parler. Tu me dis : si tu ne comprends pas tout seul, je ne peux pas t'expliquer. Je ne sais pas ce qui a changé entre nous, j'aimerais bien le savoir. Maintenant tu pars pour la montagne sans qu'on se soit rien dit. Je travaille trop, mais on n'a jamais assez d'argent. J'aurais voulu partir quelques jours avec toi, ta mère avait proposé de garder Marco. Tu me dis que tu n'as pas envie d'être loin de lui. Tu ne veux pas le quitter, mais il te rend folle et te fait pleurer. Je me fais du souci pour toi, pour nous. Je t'envoie le baiser que tu ne veux plus me donner.

C'est une lettre du mari. Je me fais du souci pour toi. Je n'ai pas l'impression.

L'enfant la rend folle, tu as compris, Albert ? Je ne délire pas, je suis le seul à connaître la vérité, même si je n'ai pas de preuves. Et tu dis que j'en veux aux femmes !

Je replie la feuille, je la remets dans le calepin.

Dans la salle de bains, un canard flotte sur l'eau savonneuse de la baignoire. Une goutte lui tombe sur le bec. Je serre le robinet. Le bateau de Marco gît sur le fond, à côté d'un tigre et d'une girafe.

Dans la cuisine, la tasse encore sale du petit déjeuner. Je m'arrête à l'endroit où j'ai découvert l'enfant, immobile sur le carrelage, tourné sur le côté, les yeux fermés. Depuis la porte je ne vois pas qu'il a du sang sur la tête, on dirait qu'il s'est endormi à l'abri de la table. Comment a-t-il pu arriver là ? S'il était tombé, il ne serait pas à cet endroit. Je m'assois devant la tasse : des traces de café sur la serviette en papier roulée en boule, des miettes.

Elle est seule. Quand elle l'a laissé dans sa poussette devant la maison, elle m'a dit.

— J'étais en train de lui préparer à manger.

Elle est obligée de tout faire pendant qu'il dort. Il pleut, ils ne sont pas sortis, il fait presque nuit. Une longue journée. Ça arrivait aussi à Luna. Elle était éreintée quand elle se mettait au lit.

— Les jours de pluie, je ne sais pas comment les occuper. Heureusement que tu es arrivé, Manfred.

Et heureusement que je suis arrivé ici. J'y pensais depuis un moment, maintenant je passe à l'action. Je me mets à quatre pattes sous la table. Des taches, des longues traînées. Du vin, de l'huile ? Je tends la main pour prendre la serviette sur la table, je la mouille de salive, je frotte : des traces rouges. Je sens. Ce n'est pas du vin.

Elle n'a même pas nettoyé les traces de sang, l'idiote ! Je glisse la serviette dans ma poche.

— On doit laisser le chevreuil faisander un ou deux jours.

— Le pauvre, c'est un animal tellement beau !

— Il y en a beaucoup en ce moment dans la montagne. Tu en as déjà goûté ?

Bianca plonge la viande dans un mélange d'huile et de vinaigre. Sara, la femme qui l'aide, coupe un oignon et de l'ail. Il fait bien chaud dans la cuisine. Sur les murs, les poêles et les casseroles, les feux au milieu, dans un coin le poêle en faïence. Dehors il pleut. Les deux garçons sont descendus faire des courses au village avec leur père. Marco mange à la table de la cuisine avec Silvia, il prend dans le plat des morceaux de bifteck et se les enfile dans la bouche. Hier soir, il a craché sa soupe, maintenant il veut manger comme les grands.

— Moins grosses, les bouchées !

Il ne m'écoute pas, il regarde la petite fille et il fait comme elle.

— J'aime bien ta cuisine, elle est grande.

— Je voudrais la refaire. Elle est vieille, elle n'a presque pas changé depuis mon mariage. Je l'ai repeinte, j'ai acheté des casseroles, des assiettes. Les vieilles étaient toutes ébréchées, les poêles noircies. Personne n'achetait jamais rien, mon beau-père ne voulait pas en entendre parler. Il disait c'est un refuge, pas un hôtel. Et moi je lui répondais qu'aujourd'hui, dans les refuges, on veut avoir son confort et bien manger. Quand il est parti, j'ai tout racheté. Mais il faudrait la refaire.

— Il est allé vivre au village ?

— Pas du tout, en ville. Il a complètement changé de vie. Je peux le comprendre.

Sara lui lance un coup d'œil.

— Comment il faisait, tout seul, avec trois enfants et le refuge ?

— Deux femmes venaient faire la cuisine et le ménage. Dès qu'ils rentraient de l'école, les trois garçons l'aidaient. Ils apportaient le bois, déblayaient la neige, servaient au bar.

— Une enfance dure.

— Pas à cause du travail, moi aussi au village j'aidais ma mère. La première fois que j'ai parlé avec Albert, il avait quatorze ans et moi douze. Les trois frères sortaient de l'école, prenaient le bus, le téléphérique, et leur père les attendait avec la chenillette à la casemate. Ils ne voyaient personne. Albert me plaisait bien, je le regardais, je lui souriais. Je savais qu'il ne fallait pas essayer d'engager la conversation avec les Sane, qu'ils se mettaient tout de suite en colère ou qu'ils ne répondaient pas, sauf, bien obligés, quand on les interrogeait à l'école. Je ne sais pas ce qui m'a donné le courage.

Sara éclate de rire.

— Tout le monde sait bien comment ça s'est passé, même les enfants.

Silvia regarde sa mère en souriant, elle aime bien entendre raconter l'histoire de ses parents.

— Un jour, à la sortie de l'école, je m'approche de lui et je lui dis d'un trait, sans réfléchir : si tu veux, le jour de ton anniversaire, ma mère te fera le gâteau. Tout le monde apportait un gâteau à cette occasion, sauf eux.

— Et qu'est-ce qu'il t'a répondu ?

— « Je lui crache dessus ! »

Sara et Silvia éclatent de rire. Marco aussi, même s'il ne sait pas pourquoi.

— Et toi ?

— Je me suis mise à pleurer, comme s'il venait de me frapper. Je pleurais et je restais sur place. Je le regardais sans arriver à croire qu'il m'avait vraiment dit Je lui crache dessus ! Le plus beau de l'histoire c'est qu'il ne bougeait pas non plus, il était terrorisé par mes larmes. Manfred et Stefan l'ont entraîné avec eux. A partir de ce jour, il lui est arrivé de me parler de temps en temps, en cachette de ses frères.

Sara s'est immobilisée, le couteau en l'air, les yeux rougis par les oignons. Elle dit.

— Il fallait du courage pour épouser Albert.

Bianca se met à rire tout en trempant dans l'huile un morceau de chevreuil.

— Il ne faut pas se fier aux hommes trop gentils, ils te font croire que la vie est un conte de fées. On sait bien comment ça finit.

Silvia se lève pour aller jouer. Marco la suit.

— Tu n'as pas fini, Marco. Silvia va t'attendre, d'accord ?

La petite fille fait signe que oui et se rassied ; ses frères l'ont bien élevée.

— Maman va t'aider, comme ça tu auras plus vite fini.

Bianca montre la cicatrice qu'il a sur la tête.

— Il s'est pris un sacré coup.

J'approuve de la tête sans la regarder.

— Combien de points on lui a faits ?

Réponds tranquillement, ne t'agite pas.

— Six. Ses cheveux repoussent déjà. Comme ça, quand son papa arrivera, on ne verra plus rien.

— Papa arrive.

Je le serre dans mes bras.

— Oui, papa arrive.

Bianca nous regarde sans bouger.

— Il vient quand ?

— D'ici dix jours. On ira à la mer, rejoindre ma mère et mes sœurs.

— Il ne sait pas qu'il s'est fait mal ?

— Si, bien sûr, mais je préfère qu'il ne voie pas la cicatrice et ma mère non plus. Heureusement qu'elle est sous les cheveux. Allons Marco, encore une bouchée et tu peux y aller.

Bianca essuie la bouche de sa fille.

— Jouez dans la chambre ! Quand vous êtes dans la salle d'en bas, vous dérangez tout le monde. Et surtout surveille bien le petit !

— On peut aller dehors ?

— Tu ne vois pas qu'il pleut ?

— Ils reviennent quand, Christian et Gabriel ?

— Bientôt, ils avaient beaucoup de choses à acheter. Pour l'instant, reste avec Marco et joue avec lui.

Silvia le prend par la main, soupire. Je la rassure.

— Ne t'en fais pas, je viendrai le chercher d'ici un quart d'heure pour le mettre au lit.

Comme toujours, ils sortent en se tenant par la main. Je devrais peut-être en faire un deuxième.

— Dans les familles nombreuses, c'est plus facile d'élever les enfants, hein ?

— Oui, même si j'ai eu beaucoup de mal au début. Entre les deux garçons, il n'y a que onze mois d'écart.

— Onze mois ! Ça a dû être terrible.

— Après non, ils jouaient ensemble et quand Silvia est née, ils m'ont aidée.

— Il t'a fallu beaucoup de courage.

Elle rit.

— Pour épouser Albert ou pour élever trois enfants ?

— Pour élever tes enfants, t'occuper du refuge.

— Il y a des jours où on n'en peut plus d'être coincés ici, sans jamais un moment pour soi. On voudrait s'en aller.

Nous la regardons toutes les deux.

— Je sais que tout le monde se demande si Bianca tiendra le coup. Mais dès le second virage, je les aurais tous les quatre devant les yeux. Albert plus encore que les enfants. Les dix premières années, au fond, il s'attendait à ce que je parte, il le souhaitait presque. Pourvu que ça arrive et que je n'y pense plus, comme mon père. Maintenant je crois qu'il s'est résigné à me voir rester.

— En revanche, c'est arrivé à Manfred.

— Oui, il a réussi à se faire plaquer par Luna. Depuis qu'ils sont partis, il s'est calmé. Avant il était nerveux, il avait des colères soudaines. Il ne dormait pas, il était agressif avec elle et avec les enfants, il n'en pouvait plus de cette vie-là.

— Des colères soudaines ?

Bianca se tait tout d'un coup, elle regrette d'avoir parlé, elle pense à son mari. Elle ajoute tout de suite.

— Il n'a jamais rien fait contre eux. De temps en temps, il dormait chez Stefan, pour se requinquer. Il n'aurait jamais dû se marier, voilà tout.

— Vous étiez amies, Luna et toi ?

— Oui, elle me manque.

Il fait plus humide en ville qu'au village, la pluie glacée pénètre jusqu'aux os, les voitures éclaboussent les passants qui traversent la rue, les parapluies des autres vous trempent les épaules. Il est sept heures et demie du soir, papa aura déjà mangé et fait la vaisselle. Comme ça, au moins, il ne me proposera pas de rester, il cuisine mal. Je bois une bière avec lui et après je vais manger une pizza. Je veux juste savoir comment il va, je ne l'ai pas vu depuis deux semaines. Il me téléphone tous les dimanches.

— Comment ça va ?

— Bien, et toi ?

— Bien.

Quand je vais le voir, je ne reste pas longtemps, nous ne savons jamais quoi nous dire. A l'occasion je lui parle du refuge. Il n'ose pas poser de questions à Albert.

— Si je l'interroge, il se vexe, il croit que je le surveille.

Je lui parle des clients, de la maison, des trois enfants d'Albert. Il veut aussi avoir des nouvelles des miens. J'ai une chance de le trouver ce soir en compagnie de sa maîtresse. Peut-être qu'il se mariera avec elle. Il peut le faire, il a partagé tous ses biens entre ses fils, il ne possède plus rien. C'est un malin, papa. Je sonne. Il est bien triste l'immeuble moderne où il vit, avec son interphone, ses fenêtres sans balcons.

— Qui c'est ?
— Manfred.

Je monte l'escalier mal éclairé. Je ne prends jamais l'ascenseur. Il m'attend sur le seuil, déjà en pyjama à huit heures du soir.

— Manfred.
— Papa.
— Pourquoi tu ne m'appelles jamais avant de venir ?

Il referme la porte. A l'entrée, ses vestes, ses chapeaux, comme jadis au refuge, la première chose qu'on regarde en rentrant de l'école.

— Tu as de la visite ?

Je jette un coup d'œil dans la salle.

— De la visite, bien sûr !

La télé est allumée.

— Je l'éteins tout de suite, pas la peine de te fâcher.

Nous nous asseyons, lui dans un fauteuil, moi sur le canapé. Il éteint avec la télécommande une émission de jeux.

— Ils gagnent de l'argent ?
— Parfois.
— Ça te plaît ?
— Quoi ?

— La télé.
— Non, ça me tient compagnie.
— Tu m'offres une bière ?
— Je t'en apporte tout de suite.

Tous les meubles sont neufs. Le tapis, nous le lui avons offert, Luna et moi. On avait laissé les enfants à Bianca pour passer deux jours en ville, rien que nous deux.

Luna est excitée, elle veut aller se promener. Dans la rue, elle m'embrasse à l'improviste, ses yeux brillent. Elle veut acheter des vêtements, des jouets. Je l'attends dehors. Je ne peux pas lui dire ce que je ressens, je n'y comprends rien moi-même. Ma colère de la voir heureuse. Elle sort du magasin et m'embrasse.

— Manfred, qu'est-ce que tu as ?
— Rien.

Je la rends folle avec mes silences.

Elle s'arrête devant un étalage de tapis.

— J'ai envie d'en acheter un à ton père. Ça réchaufferait sa maison.
— Un tapis, ce n'est pas son genre.
— Depuis qu'il vit tout seul en ville, il a changé.
— En quoi ?

Elle me regarde, elle sourit, elle est encore plus belle que quand je l'ai rencontrée, plus grande, plus maternelle, plus sûre d'elle. D'où peut bien me venir cette haine ?

— Il est plus gentil. A Noël il m'a donné un baiser.

L'homme qui a changé entre dans la pièce avec une bière.

— Voilà, elle est bien fraîche.

— Merci.

Il s'assoit, il me regarde.

— Il pleut, espérons qu'il fera beau en août. Autrement il y aura peu de touristes. Et Stefan, comment il va ?

— Il voudrait vendre des équipements sportifs et pas seulement en louer. Il est allé parler avec un grossiste.

— Il faut de l'argent pour ça, et si ça ne marche pas la marchandise te reste sur les bras. Enfin, le magasin est à lui. Et Albert ?

Le refuge, son obsession.

— Pour un mois de juillet, ils ont beaucoup de clients, l'hôtel est presque plein.

Pour l'instant elle est au refuge, elle aussi. J'ai gardé la serviette tachée de sang. Cette fois je vais la coincer.

— Les enfants ? Bianca ?

— Bien, je ne leur parle pas beaucoup.

— Et les tiens ?

— Je les ai eus hier au téléphone.

— Tu devrais les prendre plus souvent avec toi, surtout Simon. La fille est plus petite et sa mère est une brave femme.

Une rage soudaine me brûle le cœur.

— Une brave femme ?

— Elle est partie avec eux. Elle n'aurait pas dû, mais c'était une bonne épouse.

— Comme la tienne.

Durant toutes ces années, je n'ai jamais laissé échapper une phrase pareille. Pas même enfant ou adolescent. Jamais une question sur sa femme. Je ne voulais pas voir son souvenir dans les yeux de mon père. La fable de la Reine des neiges qu'il nous racontait sur la route me va très bien, aujourd'hui encore.
Pourtant il me sourit.
— Je suis content que tu en parles. Ça ne t'est jamais arrivé. Tes frères et moi, nous en avons souvent discuté.
— Tant mieux, mais moi ça ne m'intéresse pas.
Il se tait, regarde ses mains. Je bois ma dernière gorgée de bière. Maintenant je vais filer.
— Petit, c'était toi qui lui étais le plus attaché. Elle te protégeait et ça me mettait en colère. Tu avais ce problème à l'œil, elle ne voulait pas que ça te mette en difficulté.
Je me lève, je laisse le verre sur la table.
— Je m'en vais, il est tard. Albert a envie de venir te chercher pour la fête. Ça te va ?
— Et toi, tu iras ?
— J'y emmènerai des touristes.
— Alors on verra.
— Bonne nuit !
— Bonne nuit, Manfred !

Je passe l'index sur le petit bonhomme décoloré qui porte des lunettes. Il est caché entre deux fleurs du papier et, pour le voir, il faut être dans le lit et regarder de tout près. Il louche d'un œil, le gauche. Il a trois cheveux qui se dressent sur son crâne, des bâtons de ski comme deux petites ailes de chaque côté de son corps, des skis aux pieds. La bouche béante, grande ouverte, est un cercle parfait, tout noir. On ne comprend pas si elle est bouchée ou si elle pousse un hurlement.

C'est un des trois frères qui a fait ce dessin, peut-être une nuit où il n'arrivait pas à dormir, ou un après-midi au lieu de travailler.

La bouche ouverte sans qu'aucun bruit en sorte, comme Marco quand il pleure, et tout d'un coup je ne l'entends plus, le son disparaît, puis la lumière. Je mets la tête sous l'oreiller, le petit bonhomme ressemble à mon fils quand il est en colère. Il faudra que j'y réfléchisse un jour, pas maintenant, je suis contente, j'y penserai une autre fois. Pourquoi cela m'arrive-t-il à moi et pas aux autres femmes ? Qu'est-ce qu'elles ont de plus que moi ? Patience, amour, constance ?

Il s'est endormi immédiatement, dès que je l'ai glissé dans son lit, sans réclamer ni sa chanson, ni son histoire. Il est heureux ici, peut-être parce que tout est nouveau pour lui et que nous ne sommes pas seuls. Il regarde Christian et Gabriel comme deux héros et il les suit partout. Gabriel, le second, le prend dans ses bras et l'emmène derrière lui sur sa bicyclette.

— Tiens-toi fort.

Marco lui serre la taille, écrase sa joue contre son dos et rit de le voir rouler si vite. J'ai peur qu'il tombe, mais je ne l'arrête pas, il est trop content. Gabriel adore bavarder, il ressemble à Bianca.

— Je voudrais avoir un petit frère comme lui, pas une fille comme Silvia.

Silvia soupire sans le regarder.

— C'est bien d'avoir une sœur, quand tu grandis elle peut t'aider.

Il n'y croit pas. Il ajoute.

— Elle aime les poupées. Elle s'amuse mieux avec Clara, mais maintenant elle est partie.

— Clara, la fille de Manfred ?

— Oui, elle vit dans une ville, pas la même que grand-père.

Silvia me regarde et intervient.

— Elle arrive bientôt.

— Tu es contente ?

Elle fait signe que oui. Puis elle corrige.

— Mais Manfred ne l'amènera pas ici.

— Pourquoi ?

Gabriel répond le premier :

— Bien sûr qu'il l'amènera, mais pas tous les jours, il ne faut pas trop la gâter.

Je me mets à rire.

— Qui est-ce qui la gâte ?

Silvia sourit.

— Ma mère.

Gabriel proteste.

— Qu'est-ce que tu racontes ?

Silvia se met à parler à toute vitesse pour qu'on ne lui coupe pas la parole.

— Elle lui donne tout ce qu'elle veut, des gâteaux, des bonbons, elle la laisse jouer avec ses affaires et le soir on a le droit de bavarder au lit. Mais après, quand Clara revient chez elle, elle fait des caprices et Manfred est furieux.

Gabriel éclate de rire.

— Elles se mettent les chaussures de maman.

— Tais-toi, idiot !

Marco les regarde se disputer et se met à rire.

Le fils aîné, Christian, suit toujours son père et parle aussi peu que lui.

Ce matin, quand je croise Albert, il me sourit.

— Comment ça va ?
— Bien.
— Et le petit ?
— Il s'amuse beaucoup avec les vôtres.
— Tant mieux.

Il ne dit pas plus de mots que Manfred, mais le ton est plus gentil. Je repense à la petite fille de douze ans qui voulait lui apporter un gâteau d'anniversaire et à sa réponse.

— Je lui crache dessus.

Ce soir Bianca est venue s'asseoir auprès de moi dans la grande salle. Les enfants n'ont plus que dix minutes avant d'aller au lit et ils se déchaînent. Elle boit une tisane.

— Tu es fatiguée ?
— Il y a déjà beaucoup de clients et d'autres vont arriver pour la fête.
— Tu as besoin de notre chambre ?
— Non, on a ce qu'il faut. Demain une autre jeune fille arrive pour nous aider en cuisine.
— Si tu veux, je peux faire quelque chose.
— Penses-tu ! Tu gardes les enfants, c'est déjà beaucoup.
— Quand il y en a plusieurs c'est plus facile, ils jouent et on ne les entend pas. A la maison, il est toujours collé à moi, à pleurnicher.
— Il faut en faire un deuxième.

— Je ne sais pas si j'aurai le courage. Avec le premier, j'ai eu beaucoup de mal.

Bianca est toujours occupée, elle n'a pas le temps de se poser de questions. Mais maintenant elle me regarde, elle réfléchit.

— Tu as raison. Personne n'imagine le travail qu'exige un bébé. Même quand on a vu faire sa mère, on ne s'y attend pas.

Si je vivais ici, Bianca deviendrait une amie.

— C'est ce qui m'est arrivé, à moi aussi, dès le séjour à la clinique. Il venait à peine de naître que je me disais, tous les jours : je n'y arriverai pas. Je n'ai pas de lait, il est tout petit, il a besoin de moi. Quand il a grandi, les journées étaient interminables, j'avais envie de sortir, d'aller travailler. J'ai honte de le dire.

Je m'arrête, un flot de pensées longtemps refoulées, jamais partagées. Maintenant elle va penser du mal de moi, j'aurais dû me taire.

— Excuse-moi, je n'ai jamais dit ça à personne.

Elle soupire.

— Ce que je vais te raconter, je ne l'ai jamais dit à personne, moi non plus. Sans Albert, je n'en aurais jamais fait trois.

— Il t'a aidée ?

— Il n'avait pas le temps. Il avait trop à faire ici.

Elle a des taches rouges sur le cou.

— J'ai honte de te raconter ça.

— Tu ne peux pas tomber mieux qu'avec moi, j'en ai tellement sur le cœur, des choses qui me font honte !

Elle boit une gorgée de tisane.

— Un soir je suis dans ma chambre, j'allaite. Albert monte à l'étage. Le bébé tète, j'ai la tête ailleurs, le monde pourrait s'écrouler, je ne m'en apercevrais pas. J'ai mal aux seins depuis plusieurs jours, le bébé n'arrive pas à les vider. Albert s'arrête à la porte, me regarde un moment sans rien dire, s'approche du lit, prend l'enfant dans ses bras, le met dans son berceau. Je le regarde sans comprendre ce qu'il veut faire. Il s'assied sur le lit auprès de moi. Je me dis : voilà le garçon qui m'a fait pleurer, qui ne parlait à personne. Il touche mes seins nus et me dit.

— Ça te fait mal ?
— Oui, j'ai trop de lait. Si je ne réussis pas à les vider, ils risquent de s'infecter.

Alors il se penche sur moi, prend le mamelon dans sa bouche et aspire le lait. Je n'ai rien ressenti de pareil de toute ma vie. Maintenant que je t'en parle, j'en ai encore des frissons, je n'arrive pas à réaliser ce qui s'est passé. Christian avait deux mois. C'est ce soir-là que je suis tombée enceinte de Gabriel.

Dans mon lit je regarde le bonhomme à l'œil de travers skier parmi les fleurs. Le mari prend dans sa bouche le sein de sa femme. Manfred, la brutalité du chantage qu'il a tenté pour m'arracher un aveu. Il sait la vérité, il est le seul à me connaître. Je ferme les yeux. Je le vois sur le seuil de la pièce, la chambre de son enfance. Il entre, s'assied sur le lit et me déshabille sans parler. Il me touche les seins, prend un mamelon entre ses lèvres, sa bouche humide entre dans la mienne. Je lui enlève sa chemise écossaise, il laisse tomber son pantalon, enlève son caleçon. Il s'est déshabillé si souvent dans cette chambre quand il était petit, dans le froid de chaque soir, de chaque aube.

— Les enfants, levez-vous, c'est l'heure.
Je murmure.
— Reviens dans la chaleur du lit, Manfred, contre moi.

Il le fait, il se rend. Il est si dur et moi si mouillée. Il me pénètre doucement. Puis nous livrons le même combat.

La pizza était infecte et j'ai bu trop de bière pour la faire passer. Deuxième rue à droite, Stefan m'a dit de sonner, qu'elle est déjà au courant. Tant mieux, pas besoin de parler. A l'interphone, Zara, une Roumaine. Ni trop jeune, ni trop vieille d'après ce qu'il m'a dit. Une voix joyeuse me répond.
— Oui.
— De la part de Stefan.
— Troisième étage.

Cette nuit je ne dors pas si je n'y passe pas. Elle m'attend sur le seuil, en combinaison rose. Pas trop maigre, Stefan connaît mes goûts. Blonde, avec un visage jeune et quelques rides autour des yeux.
— Salut, entre !
Pas besoin de regarder la chambre, quelques détails seulement. L'oreiller est propre.
— Tu veux boire quelque chose ? Non ? D'accord.

Elle essaie de m'ôter ma chemise, j'écarte ses mains. Elle se déshabille. Sa lingerie est rose, comme sa combinaison, genre dragée, pas mal. Il me suffit de peu pour penser à autre chose. Le pubis est noir, elle se teint les cheveux. Des gros seins tout blancs qui retombent de chaque côté de sa poitrine quand elle s'allonge sur le lit. Elle écarte les jambes. Je me concentre sur son ventre. Celui de Luna était tout plat, il a changé après la naissance des enfants, mais il me plaisait tout autant. La langue fouille le nombril, remonte jusqu'aux seins et à la bouche.

Je me déshabille, je ne la touche pas, je me mets au-dessus d'elle. Elle veut le glisser en elle, j'écarte sa main, je le fais tout seul.

Les yeux fermés. Jouis Luna. Mais le pubis noir auquel je pense n'est pas le sien. Des seins de petite fille, des yeux sombres apeurés. Des jambes minces entourant mon dos.

Serre plus fort, idiote, serre-moi. Ça, tu sais le faire comme il faut, Marina.

12.

Les cheveux des enfants repoussent vite. Un duvet sombre recouvre la croûte de la cicatrice. Aujourd'hui je peux lui laver la tête. Ça m'impressionne de passer la main dessus, comme quand il était petit et qu'il avait la fontanelle ouverte. La chambre n'a pas de salle de bains, Bianca m'a proposé d'utiliser la leur.

Silvia lui a prêté des jouets. Elle s'est retroussé les manches et maintenant elle le savonne. Je voudrais bien me laver les cheveux moi aussi. J'ai quelques produits de maquillage, du rouge à lèvres, un crayon, mais ni rimmel ni blush. Hier soir j'ai fait la lessive, mon corsage, son T-shirt, ma seule culotte. J'ai mis tout ça à sécher sur le lavabo. Je suis devenue comme Manfred, une chemise et un pantalon, toujours les mêmes. Il va monter ici pour la fête, c'est Bianca qui me l'a dit.

— Avec quatre touristes. Ils restent dîner et Albert les redescend en Jeep.
— On peut descendre avec eux ?
— Tu n'as pas envie de rester quelques jours de plus ?

— Je n'ai rien ici. J'ai tout laissé en désordre là-bas. Et puis je n'ai pas assez d'argent pour payer deux maisons.

Elle voudrait que je reste. Il lui manque une amie, mais maintenant, moi, j'ai envie de rentrer au village, même si je me retrouve seule à nouveau. Il y a Manfred à l'étage au-dessous, son frère lui a fait la morale et je pense qu'il ne me fera plus la guerre.

Il nous a sauvés, comment j'aurais fait sans lui ? Il parle durement, mais c'est son caractère. La force de ses jambes quand il grimpe, ses mains qui prennent Marco et le glissent dans le porte-bébé, c'est à ça que je pense. Il connaît mon secret, mais il ne peut pas en parler, personne ne le croit. La pluie de ce soir-là est bien loin, aujourd'hui le soleil brille. Marco joue avec Silvia dans son bain. Je suis une bonne mère, c'est Bianca qui me l'a dit.

— Le premier c'est comme ça, avec le deuxième c'est plus facile.

— On sort du bain !
— Non !
— C'est vrai, hein Silvia, qu'il va prendre froid ?
— Oui, allons jouer, Marco !

A l'appel de la petite fille, il se met debout, me tend les bras, demande à sortir de la baignoire.

Je le frotte, j'ai l'impression qu'il est devenu plus robuste. Son visage a bronzé, plus de cernes sous ses yeux.

— Ce soir, c'est la fête. Si tu dors dans l'après-midi, tu pourras manger avec les grands. Ensuite on rentre au village en Jeep. Tu vas voir comme ça va être bien !

— Bien !

On éclate de rire, Silvia et moi. Maintenant qu'il parle avec les enfants, il se fait comprendre.

Hier matin, tandis que je lis un livre d'histoires de montagne trouvé ici, pour chercher des photos des trois frères et de leur père, j'entends soudain sa voix, il a construit une phrase entière, il est en colère.

— Marco fait du vélo tout seul.

Gabriel et Christian se mettent à ricaner.

— Tout seul, tu tombes et tu te tues.

Marco hurle plus fort.

— Tombe pas moi !

Il prend du caractère. Mario ne le reconnaîtra pas. Je vois soudain le garçon et l'homme qu'il deviendra.

Silvia me tend le T-shirt et les shorts et me demande d'une voix triste.

— Vous partez ce soir ?

— Ça t'embête ?

Elle ne répond pas.

— Nous reviendrons peut-être avant notre départ. Et puis Clara arrive bientôt.

Elle aussi, elle se sent bien seule, comme sa mère. Ses frères ne veulent pas l'avoir dans leurs jambes. Elle aimait bien jouer les mamans avec Marco.

Nous descendons l'escalier. Dans la salle, les serveuses dressent les tables pour la soirée. Les musiciens préparent leurs instruments. Bianca, entre deux va-et-vient à la cuisine, accueille les nouveaux clients. Je lui dis.

— Je les emmène jouer dehors.

Elle approuve de la tête.

Sur la terrasse, les touristes qui viennent d'arriver se reposent au soleil. Les montagnes étincellent, le soleil est aveuglant.

La traversée du bois est le moment le plus pénible de la montée. Marina, qui bavardait et posait des questions, s'est tue à partir de là, le souffle court, et m'a suivi sans un mot. Aujourd'hui, en plus, il fait chaud et mes quatre clients sont en sueur.

— Si vous êtes d'accord, on traverse le ruisseau et on s'arrête sur la moraine pour manger.

Ils font signe que oui. Ils n'ont pas assez de force pour me répondre. Deux femmes et deux hommes, la trentaine, sans enfants. J'essaie de les imaginer en couples. La petite avec le grand, pour rapprocher les contraires. Ils ont acheté leurs chaussures dans le même magasin. Les deux autres, en revanche, se ressemblent, ils cuisinent, ils mangent, ils sont gros et ils ont du mal à grimper. Qu'est-ce qui pousse les gens dans le même lit ? Le hasard ? L'odeur, comme chez les animaux ? On ne sait pas. Qui m'a destiné à Luna ? Personne.

Je la vois un soir en ville avec des amis.
— Je te présente Luna, elle est institutrice.

Dans l'école où on allait. Elle parle peu, elle a des formes athlétiques pour une enseignante.

Je remarque ses seins, ses jambes musclées. Ce que tu vois en premier reste gravé au fond de toi.

Marina – quelle idée d'appeler une fille comme ça ! – parle beaucoup, se maquille et a des jambes minces, je ne l'aurais jamais remarquée. Je n'aime pas les femmes qui se maquillent, on se salit dès qu'on y touche. Dans sa famille, à part son père, il n'y a que des filles. Le contraire de chez nous. C'est pour ça qu'elle a des airs de dame, elle a grandi avec trop de femmes. On ne l'a pas habituée à se fatiguer. Si elle était avec moi, je la ferais aller et venir dans la montagne. Tu es fatiguée ? Tu fais le chemin une fois de plus. Il faut avoir des forces pour élever des enfants.

C'est à la naissance de Clara qu'on a commencé à se disputer, Luna et moi. Tout d'un coup ma femme se met à jouer à la poupée, ce qu'elle ne faisait pas avec le garçon. Cette fois, c'est elle qui a choisi le prénom. Elle lui achète des vêtements. Traitement de faveur pour la fille. Je lui dis : hors de question, pas plus pour elle que pour son frère, mais elle s'attendrit.

— Elle est toute petite, Manfred.

J'ai l'impression que c'est d'elle qu'elle parle, qu'elle me dit : je suis une petite fille, je veux m'acheter des vêtements, arranger la maison. J'en ai marre de la vie que tu me fais mener.

Ça me rend nerveux. Luna a changé avec la naissance de sa fille, mais moi je ne cède pas.

Si on élève mal les filles, on s'attire des ennuis, il suffit de la regarder, celle-là. Les taches sur la serviette. Elle doit dire la vérité. Il y avait du sang sous la table, pourquoi ? Comment le gamin est-il arrivé là ? Avec elle, Marco n'est pas en sécurité, il faut le dire à son père, les séparer.

— Voilà le calvaire. Si vous voulez, on s'arrête là pour manger.

Ils approuvent encore une fois.

Pour Marco, ce sera dur. La mère, on la réclame de toute façon. Il pleurait dans la montée.

— Maman vient ?
Il va être malheureux, mais après il s'habituera.

La table est recouverte de rôtis de chevreuil, de gâteaux, de beignets. Je fais manger Marco dans un coin de la cuisine. Il a sommeil, il s'est déchaîné en jouant avec Silvia. Gabriel lui faisait faire un tour dans une brouette et il riait, il était mort de rire.

Je les regardais, allongée sur le pré. De retour en ville, nous serons à nouveau seuls, lui et moi.

Mes sœurs et moi, on se voit une fois par semaine, dans le parc, le samedi matin. Pas les autres jours. On habite loin les unes des autres et chacune a ses occupations. Quelquefois, le dimanche soir, je reste chez l'une d'entre elles avec Marco. On dîne ensemble, je mets Marco au lit et je suis aussi contente que maintenant. Ça m'étouffe d'être seule responsable. Marco dépend de moi. Si je fais une erreur, je suis perdue. Mario ne comprend pas, il en est même agacé.

— On y va tous les week-ends !

Il me prend pour un bébé, pense que je ne suis pas capable de passer un dimanche à la maison, que je dois grandir. Il a peut-être raison. Quand nous sommes tous les trois, la journée du dimanche me paraît interminable. Il joue avec Marco, il l'emmène au parc pendant que je prépare le déjeuner. L'après-midi, nous sortons à nouveau et s'il pleut nous restons à la maison. Notre enfant ne nous unit pas, il nous sépare, je le ressens, mais je n'arrive pas à l'expliquer. Parfois, le soir, quand il me trouve bizarre, absente, on se met à parler.

— Tu es fatiguée ?

— Complètement vidée.

Il me regarde sans savoir quoi dire.

— Tu le voulais cet enfant, non ?
— Oui.
— Tu m'aimes ?
— Oui.

Il me vient des pensées que je ne peux pas lui avouer, l'une après l'autre, en désordre. Je voulais Marco, mais je ne savais pas. Je t'aime, mais je te déteste parce que tu ne me comprends pas.

Alors je mets de la musique, ça nous évite de parler, une chanson du temps de notre rencontre, tout peut redevenir comme avant.

Marco s'endort, la cuillère à la main.

— Tu as sommeil, viens te coucher, tu as assez mangé.

Je le prends dans mes bras, je lui essuie la bouche. La fille de salle me regarde en tournant la polenta.

— Vous partez ?
— Oui, après la fête. Il y a même de la musique, ce soir ?
— Oui, on boit, on mange et on joue. On fait ça pour que les touristes montent dîner ici. Regarde-moi les joues de montagnard que Marco a prises ici !
— Oui, la montagne lui a fait du bien.

J'embrasse ses joues rêches et bronzées.

Je prends l'assiette et le verre.

— Je m'en occupe, mets-le au lit. Ses yeux se ferment tout seuls.

Dans l'escalier, il appuie sa tête contre mon épaule. Au premier étage, je croise Albert qui sort de chez lui.

— Bonjour, comment ça va ?
— Bien. Il joue, il mange et il dort.

Il rit et son visage se plisse comme celui de Manfred.

— Alors, les enfants ne sont pas si mal ici ?
— C'est vrai.
— Bianca m'a dit que je vous descends avec la Jeep ce soir ?
— Oui, merci !

Il file.

Les mots prennent de l'importance quand ils sont rares, il faut comprendre ce qu'ils veulent vraiment dire. Albert fait allusion à notre première rencontre, quand, en entrant dans la grande salle, j'ai aperçu Manfred qui venait de me laisser dans la montagne. Je lui avais dit.

— Les pauvres enfants, ils ont grandi ici sans copains.

J'aurais bien ajouté sans leur mère, mais ils auraient compris que je m'étais renseignée.

Je me demande si Manfred pense encore à sa mère, s'il a envie de la voir ou s'il la hait au point de ne même pas prononcer son nom. Je serre Marco contre moi. Comment ferait-il sans moi ? Si je m'en allais, si je mourais, si on me l'enlevait ? Je me demande ce qu'ils ont dit à Manfred, quand il était petit, sur une femme qui l'avait abandonné pour partir avec un autre homme.

Marco s'est endormi, je le pose doucement dans son lit. Il ne se réveille pas dans son premier sommeil.

Il faut que je me lave les cheveux. Je prendrai le séchoir de Bianca. Ils sont très longs et le lavabo est tout petit.

Dans mon enfance, c'est maman qui me les lave et me les sèche avant de les brosser avec énergie.

— Tu me fais mal.

— Ils sont longs, il faut les peigner, sinon on te les coupe.

Je ne veux pas, j'aime qu'ils soient longs, et Marco aussi, mon premier amour, alors âgé de sept ans. Il tire sur mes tresses, c'est sa manière de m'aimer. J'ai donné son prénom à mon fils, Mario ne le sait pas. Sept ans, c'est bien tôt pour être amoureuse. Et pourtant je le suis.

Je pense à lui, le soir dans mon lit, et je mets le doigt dans la blessure que j'ai entre les jambes. Maman me dit de ne pas y toucher.

— Tu as les mains sales, ça va s'infecter. C'est délicat cet endroit-là.

C'est vrai, elle devient toute rouge quand je la frotte, mais je finis par m'endormir.

Les hommes de ma vie ont tous un prénom qui commence par un M. Mario, Marco. Et puis, moi, je m'appelle Marina...

J'enveloppe mes cheveux dans la serviette, je me passe de la crème sur le visage, une crème solaire, je n'en ai pas d'autre ici. Je m'approche de la fenêtre. Coup au cœur. Il est là, sur la terrasse. La chemise écossaise, le sac à dos, le piolet. Il vient d'arriver, regarde autour de lui, parle avec des gens, montre les tables dehors, les montagnes. Tout d'un coup il lève la tête, il me voit. Je fais un pas en arrière, la serviette tombe par terre, mes cheveux mouillent mes épaules.

Elle s'est cachée, elle a peur de moi. La serviette sur les cheveux, elle les lave, elle se fait belle. Moi je suis en sueur, il fait trop chaud. Même le glacier est en train de fondre. Cette fois je vais attendre pour lui parler, il faut qu'elle ait peur de mon silence. Puis je lui dis que je me suis trompé, qu'elle est une femme bien, et même qu'elle me plaît, je lui fais un brin de cour. Elle n'attend que ça, et puis je frappe au moment voulu, quand elle est rassurée et qu'elle ne s'y attend pas. Ils lui ont donné notre chambre, justement celle-là.

J'entre chez Albert. Bianca est au comptoir, comme toujours.

— Salut !
— Salut, comment ça va ?
— Bien, j'ai laissé les touristes à une table dehors. Albert ?
— A la chaudière, avec Christian et Gabriel. Elle s'est éteinte. Heureusement qu'il fait chaud !

Je fais le tour de la maison, je lance un coup d'œil vers la fenêtre, elle ne s'y montre pas, elle sait que je suis ici.

Albert a enlevé le couvercle de la chaudière, il s'affaire, ses outils à la main. Christian suit tous ses mouvements. Gabriel donne des coups de pied dans les cailloux.

— Salut !
— Bonjour tonton !
— Bonjour Manfred !
— Il faut que tu la changes cette chaudière.
— On verra l'année prochaine, en octobre je dois

refaire la cuisine. Ça fait des années que Bianca me le demande.

— Les femmes ont la manie des cuisines.

Il s'y connaît, Albert, pour les réparations, comme Christian maintenant, il regardait son père. Moi au contraire je tapais dans les cailloux comme Gabriel et j'avais envie de m'échapper dans les montagnes, peut-être parce qu'on m'avait mis ces maudites lunettes et que mon père me disait.

— Avec tes yeux, tu ne peux pas devenir guide.

Et plus il le disait, plus j'étais convaincu que c'était ce que je ferais plus tard.

Tout en travaillant, Albert me lance un coup d'œil en coin.

— Ta copine se plaît bien ici.

Il a un sourire malin.

— De qui tu me parles ?

— Elles sont devenues amies, Bianca et elle.

— Tant mieux pour elle.

— Elle dit qu'elle est sympathique, que c'est une femme toute simple, remplie de peurs.

— Je ne la connais pas moi, demande à son mari.

Il rit.

— Tu es un drôle de type, Manfred. Et papa ?

— Il va monter avec Stefan.

— Tu es allé le voir en ville.

— Oui, il était en pyjama à huit heures.

Avant de parler il jette un coup d'œil du côté des enfants.

— Et donc Stefan se trompe, il n'a personne pour lui tenir compagnie.

— Un jour ou l'autre, je finirai par le prendre sur le fait.

— Tu te lances sur les traces de tout le monde, Manfred ! Où est le mal s'il voit quelqu'un ?

— Aucun, mais il faut qu'il le dise.

C'était un dur, Albert, maintenant il capitule. Je suis pris d'une rage soudaine.

— Il nous a assez gonflés avec les femmes ! Il dit que Stefan a raison de rester célibataire. Il se demande combien de temps Bianca va tenir le coup ici.

Christian me lance un regard furtif. Gabriel arrête de donner des coups de pied dans les cailloux et Albert de travailler. Il prend un chiffon crasseux pendu à la chaudière, s'essuie les mains et ordonne à ses fils d'aller jouer ailleurs. Ils s'éloignent aussitôt et courent vers la maison.

Il parle lentement, comme lorsque, enfant, il se mettait en colère.

— Manfred, tu oses dire une chose pareille devant les enfants ?

— Si on nous avait parlé comme ça, au moins on aurait pu s'y attendre.

Il me fixe d'un air glacial. Je reconnais là mon frère, celui qui disait de mon père qu'il s'était fait voler sa femme.

La dureté de son regard apaise ma colère.

— Il ne t'est jamais venu à l'idée, Manfred, qu'on peut être plus attaché à une femme qu'à un frère ou un père ? Ce qui est arrivé à toi, à nous, je m'en fous et je t'interdis d'en parler devant ma famille.

Sa famille : lui, elle, les trois enfants. Nous trois et le père, terminé.

Stefan a trois ans, il se glisse une nuit dans mon lit, il est gelé, il n'arrive pas à dormir. Je le tiens serré contre moi. Je ne sais pas chanter comme elle. Il s'endort en pleurant doucement de peur qu'Albert n'entende. Il ne supporte pas son petit frère, il dit que tout est arrivé par sa faute. Facile, aussi facile que de se foutre de nous maintenant.

Quand je m'éloigne, je sens encore son regard fixé sur moi.

Moi aussi je m'en fous, Albert. De toi, de ta famille, de notre père qui regarde la télé, qui tire un coup de temps en temps, qui est devenu plus gentil et qui dit de notre mère.

— J'en ai parlé avec tes frères.

Arrangez-vous comme vous voulez, ma vie me convient parfaitement comme elle est, même sans vous.

C'est le soir, la salle retentit de rires et de bavardages. A une table, les musiciens mangent du chevreuil avant les autres pour pouvoir jouer tout à l'heure. Les deux serveuses courent de la cuisine à la salle. Bianca et Albert prennent les commandes, ouvrent les bouteilles et s'assoient parfois avec nous.

Bianca m'a placée à leur table. J'ai fait la connaissance de Gustav, le père de Manfred. Il a les yeux si clairs qu'il a l'air aveugle. Il me serre la main, son regard me traverse sans me voir, il doit être comme ça avec toutes les femmes. Assis auprès de moi, il ne s'est jamais tourné de mon côté. Il parle à Silvia, sa petite-fille, d'une marmotte qui venait le saluer tous les matins quand il habitait ici.

Stefan, le frère cadet, a tout fait pour être placé à ma droite. Il raconte les histoires du village et me sert du vin.

Marco est dans le coin des enfants. Christian et Gabriel l'ont adopté, il s'est déjà lassé de Silvia, il veut être avec les garçons.

Stefan est le plus beau des trois, la fille de la pâtisserie a raison. Il est galant, tout le contraire de Manfred. Il parle, il sourit.

— Les filles du village sont toujours les mêmes. Il faut aller ailleurs pour trouver du nouveau.

— Mais vous finissez toujours par vous marier entre Allemands.

— Pas toujours, enfin presque.

— Vous quittez souvent le pays ?

Il a des yeux sombres et une jolie bouche. Il n'a pas le teint clair de ses frères et de son père. Il ressemble peut-être à sa mère, elle devait être belle.

— En pleine saison, c'est impossible, je m'occupe du magasin. Pendant les mois creux, oui, je voyage.

— En Italie ?

— A l'étranger aussi. L'an dernier je suis allé en Amérique. J'ai une partie de ma famille là-bas.

Je fais semblant de ne rien savoir.

— Ah oui ?

— Ma mère, avec son mari et ses trois enfants. Je n'ai fait que passer. Après j'ai loué une voiture et je suis allé de la côte Est jusqu'au Pacifique.

Il y est donc allé, il l'a revue.

— Vous avez trois frères américains ?

— Deux frères et une sœur. Ils me sont aussi étrangers que ma mère. Je l'ai rencontrée pour la première fois l'an dernier.

— Incroyable ! Après combien de temps ?
— Toute ma vie. Je ne me souvenais pas d'elle.

Je me tourne vers le père. Je réalise que c'est de son ex-femme qu'on est en train de parler. Stefan me dit à l'oreille.

— Mon père n'entend pas bien, ne vous inquiétez pas.

Il sourit à nouveau, joue l'homme qui plaît aux femmes, désinvolte et tranquille.

— Tant d'années sont passées. Ma mère est une vieille dame. Elle habite en province, dans une de ces petites maisons qui se ressemblent toutes, avec son fameux Américain. Les enfants sont partis vivre au loin, la fille a eu un bébé. Quand je suis allé leur rendre visite, ils se sont réunis pour faire ma connaissance. Dans le petit jardin derrière la maison, ma sœur poussait un enfant sur la balançoire. Il ressemblait à Simon, le fils de Manfred, ça m'a fait un choc.

— Vos frères y sont allés ?
— Albert et Manfred ? Non. Albert ne s'éloigne jamais d'ici. Et Manfred est quelqu'un de spécial, vous avez dû vous en rendre compte.

Je souris.

— Spécial, oui.
— Il n'a jamais su que j'étais allé la voir. Il le prendrait mal.

Je jette un coup d'œil vers Manfred, de l'autre côté de la salle. J'essaie de ne pas le regarder de toute la soirée. Il est attablé avec les touristes qu'il a amenés ici. Il me tourne le dos, il ne s'est jamais retourné.

— Je peux vous poser une question, mais je suis peut-être indiscrète.
— Indiscrète ? J'aimerais bien.

Il me sourit une fois encore. Je rougis.

— Vous vous êtes parlé en Amérique ? Je veux dire, votre mère vous a expliqué…

— Comment elle a pu abandonner trois enfants sans jamais les revoir et en faire trois autres ?

Je fais signe que oui.

— Son mari et elle m'ont invité à déjeuner. Elle avait préparé un flan aux pommes de terre. Albert demande toujours à Bianca de lui en faire, c'est là que j'ai compris pourquoi. Comme il était l'aîné, il en a gardé des souvenirs. Pour moi ce n'était qu'un flan aux pommes de terre, pas tellement réussi. La ressemblance entre l'enfant de ma sœur et le fils de Manfred était incroyable, mais aussi celle qu'il y avait entre ma mère et moi. Une parfaite inconnue qui me ressemblait comme deux gouttes d'eau. Je me suis dit qu'il devait arriver la même chose aux enfants adoptés quand ils retrouvent leurs vrais parents.

Il boit une gorgée de vin. J'ai l'impression que Manfred me regarde avant même de me retourner. Je le fais furtivement, croise son regard dur. Mon cœur bat plus fort, je baisse les yeux.

Arrête, idiote, il va croire que tu as peur de lui.

Je relève les yeux, mais il s'est déjà retourné. Stefan me parle, j'ai manqué le début.

— … on nous a laissés seuls sur le seuil, ma mère et moi, deux étrangers. Elle m'a pris dans ses bras, je me suis éloigné. Elle pleurait sans que ça me touche beaucoup. J'avais seulement pitié d'elle parce qu'elle était vieille. Elle a commencé à me dire : J'ai commis une erreur en vous abandonnant, des conneries de ce genre… Je ne l'ai pas laissée finir.

Je me sens mal à l'aise, comme si j'étais le sommet d'un triangle en flammes. Le père me fixe du regard, il a cessé de discuter avec sa petite-fille, il écoute. Je voudrais arrêter Stefan.

Heureusement l'orchestre commence à jouer au même instant. Les musiciens ont bien bu et ils attaquent avec entrain.

J'entends à peine la voix de Stefan.

— Avant qu'on se quitte, elle m'a dit, demande à ton père pourquoi j'ai fait ça !

— Et vous le lui avez demandé ?

— Oui, tout récemment. Il m'a répondu : Je ne sais pas de quoi elle parle.

Il sourit, il me crie.

— C'est mieux comme ça, non ? Imaginez qu'en plus elle ait eu une bonne raison !

Une nouvelle femme dans le circuit et Stefan tente sa chance. Pourtant c'est ma locataire, c'est moi qui ai sauvé son fils, c'est à moi de décider le premier si elle m'intéresse ou pas. C'est plus fort que lui. Et elle marche. Mon frère est jeune, beau, et elle n'attend que ça. J'aurais dû me mettre à leur table, je l'aurais arrêté d'un coup d'œil. Mais c'est ce qu'elle voulait et du coup je ne l'ai pas fait.

On s'est rencontrés dans l'après-midi, je l'ai à peine saluée. Marco m'a fait fête.

— Tu veux toucher au piolet ? Viens !

Mais à elle, pas même un regard. Je suis allé avec mes clients sur la ferrata. Ce soir dans la salle, j'ai fait en sorte de ne pas la croiser. Je ne voulais pas être à table avec elle, avec mes frères, avec mon père. Je me disais : après le dîner, j'y vais et je fais le gentil.

Je n'avais pas prévu la manœuvre de Stefan. Il est assis entre elle et mon père. Je n'aime pas ça. Elle essaie de s'en faire des amis, mais, ce soir, elle rentre et nous serons seuls à nouveau, Marina.

Ces quatre-là ne pensent qu'à la bouffe, ils se goinfrent, parlent de cuisine et échangent des adresses de restaurants. C'est d'un ennui mortel. Dès qu'on a fini, je change de place.

On ne s'est pas dit un mot, Albert et moi. Pour ma part, je ne m'en porte pas plus mal. Nous ne nous sommes jamais beaucoup parlé, tous les deux. Il pense que je vois des choses qui n'existent pas, que je m'attire des ennuis, me dispute avec tout le monde. Il ne m'a jamais pardonné d'avoir laissé Luna m'échapper. Quand je lui ai dit qu'elle était partie, il m'a répondu.

— C'était la chance de ta vie, tu n'en trouveras pas une autre.

On appelle ça des frères.

Stefan n'arrête pas de lui parler. Qu'est-ce qu'il peut bien lui raconter ? Je sens la rage monter à nouveau en moi. Peut-être qu'Albert a raison, que je devrais aller voir un médecin et prendre des comprimés. Cette femme m'énerve, je la connais comme le fond de mes poches, Bianca n'a rien compris.

— Une femme toute simple, remplie de peurs.

Du cinéma, tout ça ! Quand elle est revenue de la montagne où je l'avais laissée, elle est entrée dans la salle comme si de rien n'était. Une comédienne, mais avec moi, ça ne prend pas. Je la connais. Elle a un mari faible. Elle joue à la maman, mais elle est faite pour autre chose, attirer les regards, se maquiller devant la glace, jouer les petites filles toute sa vie.

Son fils est toujours cramponné à elle, quelle merveille ! Des mains douces, ses lèvres sur sa joue, son souffle, son épaule. Et puis, à l'improviste, elle te frappe et tu es mort.

Stefan m'a invitée à danser. J'ai refusé plusieurs fois. Je ne veux pas perdre Marco de vue et puis ça ne me plaît pas que Manfred me voie. Il a insisté et le père s'y est mis aussi.

— C'est un grand danseur, Stefan, il a même gagné des coupes. Ses frères, c'était avec le ski, lui avec la danse.

Il ne bouge pas le buste, ses pieds sont légers, ses bras solides, ses hanches collées aux miennes. Il ne me lâche pas du regard. Si j'ai le rouge aux joues, il n'y est pour rien. C'est à cause de l'autre, du frère. Il a écarté sa chaise de la table, comme tout le monde, pour regarder les danseurs au centre de la salle. Stefan fait exprès de m'emmener par là et de passer près de lui. Je n'ose pas croiser son regard et de toute façon j'en serais incapable, la tête me tourne.

Je respire de ce côté de la salle des relents de haine qui m'arrivent par vagues chaque fois que nous nous en approchons. Je les connais bien les hommes comme toi, Manfred, vindicatifs, en colère contre la vie. Ta mission, c'est d'anticiper, d'espionner, d'étudier, de savoir.

J'aperçois Marco, il est descendu de sa chaise, il se fraie un chemin dans la foule. J'arrête Stefan, j'échappe à son étreinte.

— Excusez-moi, mon fils me cherche.

Sans attendre sa réponse, je traverse la salle. Les corps évoluent autour de moi et me cachent l'enfant.

Je l'ai perdu, je le cherche du regard, il a peut-être gagné la porte, il est sorti et personne ne s'en est aperçu. Je n'aurais pas dû le laisser seul à table, me mettre à danser comme une idiote.

Le voilà, je l'aperçois. Manfred l'a intercepté, le prend dans ses bras, l'assied sur ses genoux, lui fait battre des mains au rythme de la musique, me regarde avec un petit sourire tandis que je m'approche. Si tu le veux, tu n'as qu'à venir le chercher.

Vas-y Marina n'aie pas peur. Je hurle pour couvrir la musique.

— Mon chéri, tu es fatigué ? Tu as sommeil ?

C'est lui qui me répond, en criant. Il fait semblant d'être content.

— Pourquoi sommeil ? On s'amuse trop à voir danser maman, hein, Marco ? Elle danse bien, n'est-ce pas ? Comme une jeune fille, et mon frère sait y faire.

Je fixe obstinément ses yeux clairs qui me regardent d'un air effronté. Le regard de Marco passe de l'un à l'autre.

— Vous ne dansez pas ?

— Eh non, malheureusement. Je ne sais pas danser, je ne sais pas chanter et il y a encore plein d'autres jolies choses que je ne sais pas faire.

— C'est dommage, c'est si amusant de danser !

— Encore un charme de l'existence qui m'aura échappé, que voulez-vous. Ma maman ne m'a pas appris, tu sais Marco ?

— Comment elle aurait pu ? Elle était partie.

J'ai dit ça sans réfléchir, c'est sorti tout seul. L'ironie disparaît de ses yeux. J'y retrouve le regard du coup de pied dans la cuisine.

— Qui vous l'a dit ?
— Votre frère. Elle est partie quand vous étiez petits, non ? Elle vit en Amérique.

Tu t'imagines être le seul à connaître les secrets de l'autre, hein Manfred ?

Maudit Stefan, il parle à tort et à travers et n'a aucun orgueil. Albert avait raison, tout petit déjà il n'arrêtait pas de pleurnicher.

— Mes pauvres ! Ça n'a pas dû être facile tous les jours de grandir ici, sans votre mère et de ne plus jamais la revoir.

Je tends les bras vers Marco.

— Viens mon cœur, Manfred est occupé.

Il s'accroche aussitôt à mon cou.

— A quelle heure vous pensez qu'on redescendra ?

Il balbutie.

— Je ne sais pas, il faut demander à Albert.

— C'est sans importance, s'il a sommeil, il dormira dans la voiture.

Au moment où je pars, il me saisit le bras, le serre fort.

— On s'est très bien débrouillés, vous savez, même sans elle.

Voilà ton problème, petit orphelin stupide, il est encore à naître l'homme qui me roulera. Je lui souris d'un air caressant, doux, compréhensif, maternel. Je me libère de sa main qui me tient serrée.

— Vous surtout, plus que vos frères.
— Pourquoi ?
— Stefan ne se refuse jamais la compagnie d'une femme, comme vous le dites si bien. Il sait y faire, mais en définitive il dépend d'elles. Quant à Albert,

Bianca compte beaucoup pour lui. Vous, au contraire, vous êtes un homme libre, vous savez vous passer des femmes, n'est-ce pas ?

Où veux-tu en venir, qu'est-ce que tu attends de moi ?

— Quand il m'en faut une, je la trouve.

— Je n'en doute pas. Il y a quelqu'un dans votre famille qui porte des lunettes ?

— Moi... J'ai des lentilles de contact. Pourquoi vous me demandez ça ?

C'est lui !

— Sur le mur de la chambre où j'ai dormi, il y a le dessin décoloré d'un enfant avec des lunettes et des skis. Il a la bouche ouverte et une expression désespérée. Il m'a attendrie.

Dessin de merde ! Qui s'en souvenait ?

— Je n'aurais jamais cru que c'était vous qui l'aviez dessiné.

— Pourquoi ?

— Les lunettes. Et puis l'enfant du dessin est infiniment triste, vous, en revanche, vous êtes fort.

— Je le suis devenu.

— Bien sûr, ça a dû être dur. Alors on se voit plus tard.

Elle se retourne, elle s'en va et je ne lui ai rien dit. J'ai envie de l'étrangler.

Les gens qui dansent, te bousculent, te marchent sur les pieds, tu n'existes pas. Stefan est en train de parler et de rire avec une femme. Il lui suffit de trouver de la compagnie pour la nuit. Je vais à sa rencontre.

— Stefan.

Il sourit, il a beaucoup bu.

— Manfred, comment tu vas ? Cette dame me demandait si c'est le bon endroit pour quelqu'un qui ne sait pas skier. Je lui ai dit qu'on y trouve des professeurs de ski fantastiques, qu'est-ce que tu en dis, toi ?

La dame éclate de rire.

— Stefan, viens un instant, j'ai un truc à te dire.

— Maintenant ?

— Maintenant.

— Je reviens tout de suite.

Je le précède jusqu'à l'entrée, puis dans la véranda où nous rangions les luges, les chaussures mouillées, les piolets.

— Où on va ?

Je me retourne avec toute la fureur qui bout en moi. Albert a raison, tout est de sa faute.

— Pourquoi tu racontes nos histoires à tout le monde ?

— Quoi, qu'est-ce que j'ai dit ?

— Pour baiser une femme tout est bon, même l'apitoyer avec l'histoire des enfants abandonnés par leur maman.

Il éclate de rire.

— Ah, ta locataire… Mais voyons Manfred, tout le monde est au courant.

— Tout le monde ! Si ça continue, on va le raconter dans les guides… Tout le monde s'en fout de cette histoire, Stefan, ça ne regarde que nous.

— Alors pourquoi tu te mets en colère ?

— J'ai un peu d'orgueil, moi. Tu sais ce que c'est, Stefan ? Je ne crois pas. Tout petit, tu pleurnichais déjà, je veux ma maman, elle est partie où, elle revient quand ? Toujours le même refrain, jusqu'au jour où je t'ai menacé et où Albert t'a corrigé.

Il me regarde sans sourire.

— Oui, je m'en souviens des méthodes d'éducation d'Albert. Et des tiennes aussi d'ailleurs, tu cachais mes chaussures dehors pour m'obliger à sortir pieds nus les chercher dans la neige. Et ça vous faisait rire.

— Ça ne t'a pas rendu beaucoup plus fort.

Je ne l'ai jamais vu dans cet état, Stefan. Lui qui ne se met jamais en colère, et qui, avec son petit sourire, peut mettre les gens hors d'eux, me regarde maintenant avec haine.

— Tu sais, Manfred, papa et Albert ont raison. J'ai bien essayé de te défendre, mais tu es malade. Luna a bien fait de t'enlever les enfants, tu les aurais rendus comme toi.

Je le frappe au visage. Il saigne du nez aussitôt. Il me donne un coup de poing qui me manque de peu. Alors il fonce sur moi, on tombe par terre et on se bat comme quand on était gosses et qu'on se cachait derrière la maison, pour échapper au regard de notre père. C'est son visage incrédule que je vois maintenant apparaître dans la véranda, il nous regarde rouler par terre sans réussir à dire un mot.

Et puis arrive Albert, il s'interpose et nous sépare.

— Qu'est-ce que vous faites ? Il y a du monde. Vous voulez vous donner en spectacle ?

Nous sommes ramenés vingt ans en arrière, notre honte, les coups que nous échangeons pour la masquer, en cachette, personne ne doit savoir.

Albert ouvre la porte et me pousse dehors dans la nuit. Il me suit, tandis que Stefan et le père sortent sur ses talons. Ils me regardent de l'entrée. Je suis tout seul dehors, les trois autres ensemble devant la maison. Albert fait quelques pas vers moi, il hurle pour couvrir la musique qui résonne à l'intérieur.

— Tu veux tout foutre en l'air, hein Manfred ! Détruis-toi si tu veux, crève, mais fiche-nous la paix !

Je me jette contre lui avec toute la rage qu'ils ont maintenant perdue à force de tout accepter. Albert ne recule pas, il cogne froidement, un coup de poing entre la joue et l'œil, d'une violence inouïe. Quand je me relève, tout est dans la brume, son visage, la maison, Stefan et mon père immobiles derrière lui. J'ai perdu mes lentilles. La voix de ma mère résonne en moi.

— Laissez Manfred tranquille, vous allez casser ses lunettes.

Je les enlevais pour me battre, mais je perdais, comme maintenant.

Je ne sens plus mon souffle, seulement mon cœur qui me martèle la poitrine. Albert s'approche de moi, il n'a pas peur, je ne peux plus le battre maintenant.

— Va-t'en Manfred, je ne veux plus te voir. Emmène tes clients où tu veux, mais pas au refuge. Oublie cet endroit.

Le père ne dit rien. Maintenant c'est Albert qui commande ici.

13.

Il fait nuit, l'enfant est endormi dans mes bras, j'ai pris les clés dans le porte-parapluies. La maison sentait le renfermé. J'avais tout laissé en désordre. J'ai vidé la baignoire, rangé les jouets, plié les vêtements, lavé les tasses et les couverts. Demain la femme de ménage de l'agence vient nettoyer.

Marco dormait quand nous sommes montés dans la Jeep, dommage, il aime tellement les voitures et les moteurs, il se serait amusé sur la route en pente raide couverte de cailloux.

Manfred n'est pas revenu avec nous.

Ses touristes étaient assis à côté de moi. Avant de partir, l'un d'entre eux a demandé à Albert.

— Manfred ne vient pas ?

Albert a répondu d'un ton brusque.

— Non, il est parti à pied.

Dans l'un des tournants, à mi-chemin, les phares l'ont éclairé de dos, tandis qu'il descendait dans le noir en s'appuyant sur son piolet. Il ne s'est pas retourné, moi si. J'aurais voulu le voir de face, mais dans le virage il est sorti du rayon de lumière.

Je m'assois à la table de la cuisine. La scène de ce soir-là me paraît irréelle, j'ai l'impression qu'elle n'est jamais arrivée, en tout cas pas à moi. L'intervention de Manfred, son hostilité, la crainte qu'il sache quelque chose, tout s'est passé dans un autre monde. La porte a été réparée, on ne voit plus rien.

Je bois une tisane. Je n'ai pas eu de mal à l'humilier, le petit bonhomme aux lunettes c'était lui.

Une nuit il cache un crayon dans son lit, il fait son dessin dans l'obscurité, de peur que ses frères le voient. Le soir, il le touche du doigt avant de s'endormir, comme j'ai fait moi-même. Le garçon maigre en culottes courtes, avec ses boucles blondes et ses yeux égarés derrière ses verres de lunettes.

S'il avait été mon fils, je ne l'aurais jamais abandonné. Comment peut-on abandonner un enfant qui ne parle pas, qui ne dit jamais ce qu'il ressent et qui croit pouvoir se passer de tout le monde ? On le prend dans ses bras, un enfant comme ça, on le caresse et on lui dit qu'on est là, qu'il n'a rien à craindre. Il peut arriver qu'il ne parle pas, ne fasse pas ce qu'on lui demande ou pire encore qu'il se montre agressif et réponde mal, mais la dernière chose à faire c'est de s'en aller. On l'attend à la sortie de l'école, on lui donne un baiser même s'il se détourne, on ne lui pose pas trop de questions, on lui sert un goûter bien chaud parce qu'il est revenu gelé, les pieds humides, et qu'il ne mange pas bien à l'école. Et puis on l'aide à faire ses devoirs, et quand il va skier ou jouer avec ses frères, on nettoie ses lunettes en soufflant dessus. Je pense à ce que la mère a dit à Stefan.

— Demande à ton père pourquoi j'ai fait ça.

Et à la réponse du père.

— Je ne sais pas de quoi elle parle.

C'est pareil entre Mario et moi. Aucun des deux ne sait ce qui se passe dans la tête de l'autre. Il n'y a pas de mots pour l'expliquer. Est-ce que je peux lui raconter ce qui s'est passé dans cette cuisine ? Lui dire que mes yeux se sont fermés tout d'un coup, que mon corps, mes mains, mon esprit sont partis chacun de son côté ? Non, il aurait peur de moi.

Manfred a vu. J'étais cachée derrière cette porte, il a pris Marco dans ses bras, il nous a emmenés à l'hôpital.

Si je m'étais confiée à lui dès le début, si je l'avais vu comme maintenant, le petit bonhomme à la bouche grande ouverte, la nuque d'un homme seul qui descend la montagne dans l'obscurité de la nuit, qui avance son piolet pour s'appuyer dessus, alors peut-être… Une fois devenu vieux, il fera encore le même geste avec moins d'énergie. Personne pour l'accueillir quand il arrive, ni mère, ni femme, ni enfants. Je pourrais lui ouvrir la porte cette nuit, maintenant que tout s'est éclairci entre nous et qu'il ne me fait plus peur.

Ôte tes chaussures, viens, je t'ouvre une bière. Elle était belle, la promenade ? Asseyons-nous dans cette cuisine, la même que l'autre soir. Je vais te parler de mes parents, mes sœurs, la mer, ma maison, mon travail, les hommes. Je peux te dire une chose, un secret que je n'ai jamais confié à personne : je n'ai jamais rien fait dont j'aie eu vraiment envie, pas même mon enfant et pourtant je suis terrifiée à l'idée qu'on me l'enlève. J'ai depuis toujours l'impression d'être étrange. L'amour des hommes m'intéresse plus que tout au monde, mais je n'ai jamais trouvé un homme ni même une femme à qui je puisse le dire. Alors quel amour c'est si tu ne peux en parler à personne ?

Manfred, je peux être une bonne mère, Bianca le dit aussi, mais je veux partager avec toi cette chose qui m'écrase, mon amour et ma haine pour l'enfant que j'ai fait.

Nuit noire, pas de lune. Je n'ai plus mes lentilles, mais je connais chaque caillou de cette route. C'est peut-être la dernière fois que je la fais, je ne monterai plus au refuge. La moraine, le banc près du calvaire, le ruisseau. Comment ils ont fait pour descendre, ces deux-là, ma mère et l'homme qui l'a enlevée. Je me le suis demandé mille fois, mais je ne l'ai jamais su.

Ils se tiennent par la main dans la nuit, elle pleure ou bien elle est inconsciente de ce qu'elle fait, et puis il est là, il la soutient. Est-ce qu'un homme peut comme ça devenir tout pour une femme ? Lui faire oublier le réveil de ses enfants le matin ? Oui, ça doit être possible, puisque ça nous est arrivé. Nous courons par ici mes frères et moi, nous nous cachons derrière les arbres.

— Albert, Stefan, où vous êtes ?

C'est dans cette descente, cette montée, que se cache le secret que je cherche depuis des années. Eux, ils ont oublié, moi je ne peux pas.

J'aurais au moins dû prendre une lampe électrique. Le bruit de l'eau se rapproche, d'ici peu je traverse le ruisseau. Il y a cinq pierres lisses mises côte à côte pour servir de pont, on peut facilement passer de l'autre côté. On s'assure toujours au printemps qu'elles sont bien là, que le courant ne les a pas emportées.

L'arrivée de cette femme a tout déclenché. La dispute avec mes frères, le silence de mon père. Ils se sont plantés dans ma tête, elle et son enfant. Je n'arrête pas d'y penser. Ce devoir, je dois l'accomplir jusqu'au bout.

Courir jusqu'en bas, entrer dans la maison, la flanquer contre un mur.

Tu crois m'avoir coincé ? C'est moi qui te tiens, et tu sais pourquoi.

Elle s'imagine qu'elle mène le jeu, elle me parle comme à un gamin apeuré.

Le bruit de l'eau s'éloigne. Ça arrive quand il pleut ou à la première chute de neige. Je suis parti sans réfléchir, la fureur me nouait le ventre, j'ai saisi mon piolet sans un regard ni pour eux ni pour mon père. J'aurais dû prendre la lampe, j'y verrais mieux, au moins de près.

Je descends trop vite, et l'eau s'éloigne.

Sur la moraine, il ne faut jamais quitter la pente de la montagne ni s'éloigner du ruisseau. Tout droit les crevasses commencent.

Les enfants du village le savent. Je devrais remonter. Je ne vois ni la crête des montagnes, ni les lumières de la vallée. Je m'assieds. Un guide qui se perd sur le chemin de sa maison, quelle blague ! Je reste ici jusqu'à l'aube. Ou bien j'attends les lumières de la Jeep à son retour, je devrais les voir d'ici. D'ici où ? Ils m'ont doublé. Elle devait être dedans avec les autres. Albert ne s'est pas arrêté.

Un bruit sec tout près sur le rocher, l'envol d'un chamois, un frôlement dans la nuit, le passage d'un lièvre ? Nous savions reconnaître tout ça, le sifflement de la marmotte, le cri de la martre.

Je me suis retrouvé si souvent dans ce silence. Je n'étais pas seul, je savais qui retrouver, mon père et mes frères au refuge, Luna et mes enfants au village. Maintenant personne, ni en haut où je suis né ni en bas où je vis, je ne saurais pas chez qui aller. Je me lève, il fait froid, impossible d'attendre l'aube. Je me dirige vers la droite, sur la ligne de faîte, sans descendre, les oreilles tendues vers le bruissement de l'eau. J'avance à petits pas, je tâte le terrain. Les pierres sont remuées. J'en prends une, elle ne me dit rien. Je ne sais pas où je suis.

Mourir en montagne n'a rien d'effrayant. Si on ne te retrouve pas, tant mieux, pas de cercueil, pas de tombe. Le corps respire jusqu'au bout, il se décompose lentement. J'accélère, j'entends le ruisseau, je vais dans la bonne direction.

Un bruit sourd, qu'est-ce qui tombe ? Une pierre bouge, mon pied glisse, entraîne mon corps. Je sens la pointe du piolet contre ma hanche, quelque chose me l'arrache, je roule, je m'agrippe, rien ne résiste, tout s'enfonce. Des rochers contre mon dos, ma poitrine, mes jambes. Je m'arrête en équilibre instable sur quelque chose. Autour de moi l'effondrement se poursuit. Des bruits sourds, une grêle de cailloux, le silence. J'ai mal partout, je ferme les yeux, j'ai le visage couvert de terre sans avoir de mains pour le nettoyer. Je sombre dans les profondeurs de moi-même, tout au fond du gouffre, c'était comme ça autrefois, je vois briller une lumière, un feu.

— Réchauffez-vous les mains, les enfants ! Pas trop près, sinon vous allez vous brûler.

Une heure, il fait froid. Manfred n'est pas revenu, pas un bruit dans l'escalier. Par la fenêtre je regarde la rue sombre, sa voiture n'est pas sur l'esplanade. Il est peut-être allé en ville ou boire au village.

Il n'est pas venu avec nous, pourquoi ? Il descend, il ne se retourne pas. Il a dû laisser sa voiture au départ du téléphérique, il est fermé la nuit. Toute la route à pied, jusqu'au bout, il faut du temps. Combien ? Deux heures depuis le refuge jusqu'à l'arrivée du téléphérique. Et de là jusqu'au fond de la vallée ? Avec la Jeep on a mis une demi-heure, à pied il faut compter deux heures de plus, une peut-être, il marche vite et il connaît la route par cœur.

A dix heures nous l'avons rencontré sur la route, à mi-chemin. Il devrait être ici, mais je ne vois pas sa voiture. Au village, tout ferme à dix heures ou même avant. Où est-il ? Ça ne me regarde pas, il dort peut-être chez une femme. Il doit avoir besoin de faire l'amour avec quelqu'un de temps en temps.

Je me déshabille. Au refuge Marco a pris l'habitude de bien dormir, pourvu que ça dure. Je m'assois sur le lit, j'enfile ma chemise de nuit. Sur la table de chevet, la photo avec mes sœurs. Je l'emporte toujours avec moi depuis que je suis petite, je ne sais pas pourquoi. Quand j'étais avec elles, mon étrangeté ne se remarquait pas. Je ne regrette plus la mer maintenant, ça ne pouvait pas durer, il me fallait régler les comptes avec cette nuit qui est en moi. Ça serait arrivé une autre fois. Manfred est entré ici, il a pris l'enfant. Il ne croit pas aux bobards que je raconte. Qu'est-ce que j'ai pu en dire ! Mario aurait tout gobé plutôt que de voir la vérité. Il valait mieux que ça arrive ici.

Je prends mon livre, je cherche le signet, ne le trouve pas. Je le feuillette. La lettre de Mario ? Où est-elle passée ? Je m'en sers comme marque-page. Je lis peu, j'ai tout de suite sommeil le soir. Je tourne le livre dans tous les sens, je le secoue. Je m'assois. Qui l'a prise ? Marco. Elle doit être quelque part, sous le lit, entre les draps, sous l'oreiller. J'inspecte le sol, le dessus de la table de nuit, je déplace la photo, le carnet. Je vois la lettre, elle est pliée à la dernière page. Qui l'a mise là ? Lui. Il est entré, la clef, le rendez-vous avec le menuisier, il a fouiné, il a lu la lettre. Je la parcours des yeux.

Je regarde ma montre, je me lève, je retourne à la cuisine, je vérifie par la fenêtre : la voiture n'est toujours pas là. Il est entré chez moi, il a fouillé dans mes affaires. Bizarre, ça ne me met pas en colère. Ce qui m'embête, c'est qu'il ait trouvé la maison en désordre. Ce qu'il pensait de moi, maintenant il en est sûr. Aussi nulle comme femme que comme mère.

Pourquoi il n'arrive pas ?

Mon esprit se repasse le parcours, le temps écoulé. Après une marche de trois heures dans la nuit, on ne va pas se promener en voiture. Chaque soir, depuis que je suis là, je l'ai toujours vue garée devant la maison. Et justement cette nuit, après sa descente, il dormirait dehors ? Je m'assois à table. Téléphoner à la police, prévenir. Ils vont me prendre pour une folle. Un guide s'est perdu dans la montagne de chez lui !

Pourquoi il n'est pas revenu avec les touristes qu'il avait emmenés là-haut ? Sa nuque éclairée par les phares, il ne se retourne pas. Si j'appelle la police, ils vont se dire qu'il y a quelque chose de louche. Ils ne vont pas me croire, elle est folle. Si Manfred leur a dit ce qu'il a vu ici ce soir-là, ils relancent toute l'affaire. Je n'appelle pas.

Il est venu ici, il va dans toutes les pièces, il cherche, il regarde, il fouine. J'aurais pu au moins vider la baignoire et rincer la tasse du petit déjeuner. Personne ne m'a jamais harcelée comme lui, il est sur mes traces, ne lâche pas prise. Moi non plus. Je téléphone à la police et tant pis s'ils me prennent pour une folle.

La Dame des neiges. La chapelle, l'autel avec ses vases vides, les bancs, le poêle que personne n'allume jamais, tout est flou. J'ai apporté ici des morts et des blessés, en hiver comme en été. C'est mon tour maintenant. On y met aussi les cadavres en attente d'identification. Je suis tout seul, personne n'est encore venu me reconnaître.

Je me rappelle les lumières, les torches, les phares, les mains qui me tirent, les barres de la civière comme des poinçons dans ma chair. Et puis l'air, le ciel qui s'approche de moi, on me hisse sur quelque chose, je navigue dans les airs, à chaque oscillation je hurle, mais aucun son ne sort de ma bouche, je n'entends pas les mots, mais les cris des autres, le halètement des chiens, le tourbillon des pales de l'hélicoptère qui finit par recouvrir tous les sons. J'ai cessé d'avoir mal, peut-être que je suis mort et qu'on m'a transporté dans la chapelle.

J'essaie de bouger la tête, je ne peux pas. Quelque chose me bloque le cou. Des visages flous que je ne reconnais pas. On me parle doucement. Comme ils sont gentils ! Je voudrais dire.

Je suis myope.

Mais les visages disparaissent, on me bouge à nouveau, on me porte. Je ferme les yeux, mieux vaut regarder en moi, chercher ce feu. Où ça ?

Un feu dans la nuit. Ma mère me tient.

— Réchauffez-vous les enfants ! Pas trop près, sinon vous allez vous brûler.

Nos mains se réchauffent au feu. Je mets les miennes dans les siennes, elle les serre. Chaleur au-dedans et au-dehors.

Assise sur le banc du pré, je les regarde jouer. Marco avec les enfants de Bianca. Ils sont tous à l'hôpital, on l'opère. Sa femme et ses enfants ne vont pas tarder à arriver.

J'ai téléphoné à la police. Je ne savais pas quoi dire, je balbutiais.

— C'est seulement une idée, je me trompe certainement. On l'a doublé dans la descente et il n'est pas rentré. Je n'ai pas le numéro du refuge. Il faudrait peut-être appeler son frère.

Je laisse mon numéro, je raccroche et je pense au ridicule de ma situation. Il va bien rire de moi quand il l'apprendra. Je me mets au lit, mais je n'arrive pas à dormir. Le téléphone ne sonne pas, j'éteins la lumière. Dans l'obscurité je m'insulte, c'est ce que je fais quand je me trouve nulle, ça me soulage.

Tu es une propre-à-rien, une malade mentale. Tu dis à la police de téléphoner à son frère. Ils appellent Manfred et il est peut-être au lit avec une femme. Quand il reviendra chez lui demain, comment avoir le courage de le regarder en face ? Il se dira : je lui manquais, elle se faisait du souci pour moi. Dès qu'il me voit, il éclate de rire, tout le village me rit au nez, Bianca, les frères, le père.

Je me retourne dans mon lit, je parle toute seule. Soudain dans la nuit, la sirène d'une ambulance. Je me lève, je vais à la cuisine, j'ouvre la fenêtre. La sirène s'éloigne, on entend derrière les montagnes le bruit d'un hélicoptère. Je n'imagine pas un instant que c'est pour lui. Sur le fond noir du ciel, l'hélicoptère tourne au-dessus du téléphérique. Le village se réveille, des lumières s'allument aux fenêtres. Le téléphone sonne.

— On l'a retrouvé au fond d'une crevasse. On l'emmène à l'hôpital.

Je me dis que je lui ai sauvé la vie, je n'arrive pas à y croire.

Ce matin, Bianca m'a laissé les enfants, elle est partie à l'hôpital avec Albert.

— Sur la colonne vertébrale, à la hauteur du thorax, on lui met des plaques métalliques.

C'est ce qu'elle m'a dit.

Des plaques de métal sur la colonne vertébrale, avec le métier qu'il fait. Mieux vaut ne pas y penser, peut-être que sa femme va revenir et le soigner.

Un calme étrange s'installe en moi. Marco court dans l'herbe, poursuivi par Gabriel. Il a grandi, il me semble. Il deviendra un garçon pareil aux deux autres. Mario le trouvera changé. Et en moi, est-ce qu'il verra quelque chose de nouveau ?

Dans une semaine, je suis à la mer, j'oublie Manfred. J'aurais pu le faire entrer dans mon lit, un seul soir, avant l'arrivée de sa femme et de Mario. Qui l'aurait su ? Qu'est-ce que ça changeait ? Pour eux rien. Pour nous deux, ç'aurait été une chose différente de toutes les autres. Une histoire de fous. Nous le sommes déjà assez. Dire que je pense à ça pendant qu'on l'opère et qu'on lui met des plaques. Au lieu de souhaiter que tout se passe bien et que sa femme le reprenne.

La seule chose que je désire maintenant, passer une nuit avec lui. Même s'il est brutal ou expéditif, je veux essayer. Après, tout recommence. Mario, le petit, mes sœurs, la mer. Lui, il fait la paix avec sa femme et nous voilà tous heureux et contents. Une fois, une seule fois, ses mains qui ont soulevé Marco, qui le glissent dans le porte-bébé, le serrent dans ses bras, abaissent la ceinture de mon pantalon, dégrafent mon soutien-gorge. La chair de poule où il me touche. Nous nous embrassons.
Ensuite, toute nue, je danse doucement devant toi, sans musique. Tu me dis des mots à l'oreille, même durs, ceux que tu penses, que tu ne m'as jamais épargnés. Je ne suis pas tendre non plus avec toi. Nous nous disons la vérité. Enfin quelqu'un à qui la dire.
Tu veux savoir ce qui est arrivé à ta mère, je te la raconte, moi, l'histoire. L'Américain arrive un jour, il est beau, différent, parle plus que ton père. Avant son arrivée, elle ne savait pas à quel point elle vous haïssait. Ne t'énerve pas, reste calme, écoute-moi. Elle vous aimait, mais à la fin de la journée, quand elle vous met au lit, le soleil se couche, elle a fait tout ce qu'elle devait faire, elle se déshabille, ton père la regarde.

Tu es heureuse ?

Alors elle vous hait. Bonheur, malheur, quelles conneries, Manfred. Tu m'as botté le cul pour m'obliger à me relever de derrière la porte. C'est pareil quand on a un enfant, la vie nous botte le cul. Si on ne le sait pas, on essaie d'esquiver, on croit pouvoir éviter les coups. Si on le sait, on les encaisse, on tient bon, on aime, on hait, parce que c'est ça qu'il faut faire et il suffit de le savoir. Moi, maintenant, je le sais parce que je t'ai rencontré.

Nous faisons l'amour encore une fois. C'est comme ça qu'on dit, mais entre nous, c'est bien autre chose.

Mes paupières sont lourdes. Je les ouvre, je les referme. J'ai un tube dans la bouche. Je ne bouge pas la tête, les yeux. Un visage aux traits flous près de moi. On me met quelque chose à l'oreille. Une voix métallique me parle lentement, articule les syllabes.

— Comment tu te sens, Manfred ? C'est Luna. Ton père, tes frères et les enfants sont là. Bientôt tu sortiras d'ici et tu nous verras. Reste calme. Tu es tombé, la femme de la maison a donné l'alarme. On t'a amené ici et on t'a opéré. Tout va bien se passer. On est là.

Le visage flou m'enlève l'objet de l'oreille, sourit, s'éloigne.

Je réfléchis à ses paroles, l'une après l'autre.

Luna, les enfants, je suis tombé et on m'a opéré. La femme de la maison a donné l'alarme.

Marina. Bien sûr, elle. La chute, les pierres, la douleur. Maintenant je ne sens plus rien. Les idées me reviennent, les miennes. La rage au loin, comme le grondement à la fin d'une avalanche.

Marina a donné l'alarme. Où est-elle ? Pas avec eux. Chez moi, avec l'enfant. Le mari vient la chercher. Elle s'est sauvée de moi, elle a donné l'alarme, elle m'a sauvé.

Marina.

J'articule son nom. Elle est rusée. Elle profite de l'opération pour repartir tranquillement. Et en plus je dois lui être reconnaissant. Attends que je guérisse et tu verras, je ne te lâche pas, tu dois cracher la vérité. J'ai la preuve sur la serviette. Où je l'ai mise ? Dans la poche de mon pantalon. Ça ne va pas finir ainsi. Elle est bien plus rusée que Luna, elle m'a flanqué l'histoire de ma mère en pleine figure.

Luna ne m'en parlait jamais, elle avait peur de ma réaction. Elle disait aux enfants que leur grand-mère habitait loin, qu'un jour ils iraient la voir. Je l'ai su par Clara.

Simon et Clara sont venus, alors ça doit être grave.

— Tout va bien se passer.

C'est ce qu'on dit toujours. Je devrais raisonner un peu : j'ai été opéré, je peux mourir, rester paralysé ou devenir idiot. Et ma seule obsession, c'est elle, qui se tire tranquillement d'affaire et s'en va avec son mari. Je suis déjà devenu fou et je ne m'en rends pas compte. Si un homme sur le point de mourir ne pense qu'à la manière dont il va piéger une femme, c'est qu'il a un grain.

J'imagine l'arrivée du mari, leur départ en voiture, leurs baisers.

— Tout s'est bien passé ? Et le petit ?

Elle joue la sainte-nitouche, la gentille épouse, la petite maman. Je ne peux pas avaler ça, même mort. Tu déconnes, Manfred, on t'a drogué, tu divagues. Si tu es mort, tu te fiches de son sort, tu es en paix avec tout le monde. Non, je veux la voir pleurer, se désespérer, demander pardon, se jeter par terre, me baiser les mains, me supplier. Peut-être que je suis déjà mort, que ce sont des pensées de mort. Pourquoi les morts devraient-ils être en paix ?

Furieux jusqu'à la folie, en toute liberté. Ils disent ce qui leur passe par la tête. Ils envoient à tous les diables ceux qu'ils veulent.

Je te fais venir ici, Marina.

Monte sur mon lit, viens plus près, je ne te vois pas. Tu le sais maintenant, je suis myope. Regarde dans quel état je suis. Je te fais pitié, non ? Enlève-moi ce tube de la bouche, ça te dégoûte ? Comme ça je te dis qui tu es. Libère-moi les mains, approche ton oreille, je décoiffe tes cheveux. Tu les as lavés, tu t'es maquillée. Tu voulais exciter qui ? Tous les hommes, le premier qui te veut te prend. Moi je ne te veux pas, je m'en fiche que tu danses et que tu te donnes du mal. Je t'ai vue à genoux derrière la porte, je t'ai botté le cul parce que tu ne te levais pas, que tu ne le prenais pas dans tes bras. Tu veux t'en aller, tu ne peux pas. Reste ici tant que je ne suis pas réveillé, tant que je te désire, tant que tu n'as pas purgé ta peine. Reste ici, je te baise et tu vois que je ne meurs plus.

14.

— Je peux entrer ?
— Bien sûr, venez.
Elle me tend la main.
— Luna, la femme de Manfred.
— Marina.
— Les enfants dorment, le vôtre aussi ?
Je fais signe que oui. Elle regarde autour d'elle. C'est une belle femme, un peu monumentale, grande, des seins plantureux, un visage large, des yeux clairs en amande. Elle n'a pas l'air très jeune, elle approche des quarante ans, à peu près l'âge de Manfred. Elle regarde encore et me dit.
— Je ne suis pas entrée ici depuis des années. C'est moi qui ai arrangé la maison. Avant c'était un menuisier qui vivait ici. Un vrai dépotoir, plein de vieilleries, il ne jetait jamais rien. Mon beau-père avait acheté la maison, avec ses deux appartements. Quand on s'est mariés, il nous l'a donnée.
— Elle est très confortable, on y est bien. On s'assied dans la cuisine ? J'étais en train de boire une tisane, vous en voulez une ou vous préférez un verre de vin ?
— Une tisane, merci.

Elle s'assoit à la table, jette sur les objets un coup d'œil de propriétaire pour vérifier qu'ils sont toujours où elle les a laissés. Heureusement j'ai lavé la vaisselle. Je sors la tasse, j'y verse la tisane. Ça me fait drôle de la servir dans sa maison.

— Je voulais vous remercier d'avoir appelé.

Je m'assieds en face d'elle. Elle a des mains solides, abîmées. Son visage est marqué comme celui de Bianca. Ces femmes travaillent dur, vivent dans le froid et ne prennent guère soin d'elles.

— Je ne sais pas comment j'ai osé. Au fond, il pouvait très bien être allé ailleurs.

Elle a un sourire dur.

— Manfred ne sort presque jamais. Du moins il était comme ça quand nous vivions ensemble. Il se couche de bonne heure.

— A une heure, je me suis mise à la fenêtre et sa voiture n'était pas là.

Elle me fixe, elle cherche à comprendre quelque chose. Je rougis, je baisse les yeux, quelle idiote.

— Et vous, vous vous couchez tard ?

— Non, en général non.

Attention, Marina, dis des choses sensées.

— Mais depuis que le petit s'est fait mal et que je suis allée au refuge avec lui, il dort mieux et je vais au lit un peu plus tard.

— Il s'est fait mal.

Quel rapport ? Pourquoi lui raconter tout ça ?

— Il est tombé de la table, ici justement.

Elle m'écoute, elle continue à me fixer.

— Votre mari... Manfred m'a aidée à l'amener à l'hôpital.

Voilà, tu lui as tout déballé, comme si tu devais toujours te justifier.

Elle sourit, mais elle a gardé son air dur. Je souris aussi pour me faire bien voir, comme à l'école. D'ailleurs, c'est une institutrice.

— Vous n'êtes pas d'ici ? Vous enseignez, n'est-ce pas ?

— Oui, en ville. C'est Manfred qui vous l'a dit ?

Elle est méfiante, cette femme.

— Non, c'est Bianca.

Voilà, continue comme ça, des réponses courtes, sans rien ajouter. Comme elle. Elle boit sa tisane, elle a maintenant un regard perdu. Je ne veux pas lui demander de ses nouvelles ni comment il va. Je le sais déjà, Bianca me l'a dit.

— La rééducation sera longue, il peut s'en tirer, mais il ne sera plus comme avant. Il faudra qu'on l'aide, qu'il vive avec quelqu'un.

Un silence. Tout d'un coup des larmes ruissellent sur son visage. Elle pleure, immobile, sans se cacher. Alors il est peut-être plus gravement atteint. Ma voix est toute tremblante.

— Ne pleurez pas… Bianca m'a dit qu'il pourra marcher et à peu près tout faire.

Sa main écarte les larmes de ses joues. Que de drames dans cette cuisine.

Les assiettes décorées d'arbres, les tasses avec des écureuils, elle a tout choisi, les étoiles des Alpes sur les poignées de portes, les serviettes brodées, les napperons, les rideaux, un endroit idéal pour les tragédies. Je voudrais lui dire.

Mettons le feu à tout ça et recommençons !

Elle parle lentement, vidée de sa force et de son énergie.

— Je ne crois pas que j'y arriverai.

Je comprends, à le soigner, à revenir avec lui.

— Il pourrait aller vivre chez un de ses frères. Vous vous êtes séparés, l'accident n'a rien à voir avec ça, non ?

Au fond, ça m'arrangerait qu'ils ne se remettent pas ensemble. J'aime mieux l'imaginer tout seul qu'avec elle.

— Aucun homme ne me plaît autant que lui.

Je voudrais qu'on revienne en arrière, avant ses larmes. Tu es une femme forte, pourquoi as-tu décidé de te confier à moi ? Je ne veux rien savoir de votre histoire.

— Je serais bien restée avec lui. C'est un homme difficile. Quand il a une idée en tête, c'est impossible de le faire changer d'avis.

— Oui, je m'en suis aperçue.

Elle m'adresse un bref regard. Pour le moment elle ne s'intéresse pas à moi, elle veut vider son sac devant l'inconnue qui a sauvé la vie de son ex-mari.

— Ce qui m'inquiète, ce n'est pas tellement son caractère, ni la répugnance des enfants à vivre ici. C'est leur père, ils doivent en tenir compte. Dans la maison où nous habitons maintenant, ils ont sa photo dans leur chambre. Celui qui l'y a mise, c'est justement le garçon qui s'entend mal avec lui. Clara pose moins de questions. Pour Simon, Manfred est une véritable obsession.

Elle secoue la tête, me regarde.

— Je ne suis pas partie à cause d'eux, ou des

disputes, il est exclu que je revienne avec lui sous prétexte qu'il est leur père.

Je l'interromps, je ne veux pas entrer dans l'intimité de cette femme.

— Manfred, je le connais à peine... J'ai l'impression que c'est un homme très particulier. Je comprends que ça doit être difficile de vivre avec lui.

— Parce qu'il existe un homme qui ne nous rend pas la vie impossible ?

Je ne sais pas bien quoi lui répondre, ni où elle veut en venir.

— Ça dépend des moments. Tout s'est bien passé avec mon mari jusqu'à la naissance du bébé, après c'est devenu plus difficile. Peut-être par ma faute, je ne sais pas.

Elle soupire.

— Nous avons été heureux, Manfred et moi, pendant nos premières années de mariage, même après la naissance de Simon. En revanche, après la naissance de Clara, il est devenu irritable, un rien lui faisait perdre patience. Mais pour moi aussi, la naissance de Clara a tout changé.

— C'est-à-dire ?

— Clara me rappelait beaucoup ma mère et aussi l'enfant que j'étais autrefois. Je passais des journées à la tenir dans mes bras ou même à ne rien faire. Je me sentais plus fragile.

Elle tourne la cuillère dans la tasse vide.

— J'avais encore envie d'être avec lui, mais je n'arrivais plus à être comme avant.

Elle s'arrête et me regarde.

— Je ne voudrais pas vous ennuyer.

— Ne vous inquiétez pas ! J'aime bien vous écouter.

Je ne sais pas si c'est vrai, mais maintenant j'ai de la peine pour elle.

— Ce soir, je me sentais tellement seule dans cette maison, avec les enfants qui dormaient et mille pensées qui me tournaient dans la tête. Tout est à l'abandon, il a tout laissé aller. Il a jeté tout ce que j'avais acheté, tout a disparu. A croire qu'aucune femme n'a jamais vécu là. Effacée.

— Comment ça se fait ? Vous avez passé tant d'années ensemble !

Elle me répond d'un air exalté.

— Bianca pense que je suis partie à la suite du coup de poing.

— Un coup de poing ?

Manfred, Manfred, toi aussi tu as des choses à cacher.

— Oui, à la suite d'une de nos disputes habituelles. Mais ce n'est pas la seule raison. C'est pour la manière dont il me regardait quand j'avais la petite dans mes bras, quand je passais du temps avec elle. Ça me troublait. Ce regard… je ne le supportais plus. Alors je le provoquais, pour le mettre hors de lui. De toute façon je savais bien ce qu'il pensait de moi, d'elle.

— De la petite ?

— Oui, d'elle aussi. Nous l'avions trahi.

Je la vois réfléchir, seule dans sa nouvelle maison, sur le passé, les disputes, les incompréhensions. Les enfants dorment, certains soirs elle voudrait retrouver son mari, mais le vase est brisé. Elle passe son doigt sur sa paupière encore humide.

— Manfred a aussi un peu raison, au fond je me suis moquée de lui.

— Pourquoi vous dites ça ? On change dans la vie.

Elle se lève, elle va mettre sa tasse dans l'évier. Maintenant c'est elle la maîtresse de maison et moi l'invitée.

— Les premières années, j'y croyais, et puis il me plaisait tellement, j'aurais fait n'importe quoi pour le garder. Nous allions en montagne, il m'apprenait un tas de choses. Je l'aimais lui, le reste m'importait peu. Je l'aime encore, mais je ne pense pas que j'y arriverai...

Elle s'arrête, réfléchit.

— ... à rester gravée dans le bois.

Je la regarde sans comprendre.

— Vous n'êtes jamais entrée dans l'appartement du bas ? C'est la seule chose qu'il n'a pas détruite. Quand nous nous sommes fiancés, il a fait reproduire par un sculpteur sur bois l'image de nos visages taillés dans la même écorce. Il la garde auprès de la cheminée.

— Il est fou.

Elle sourit, l'air amusé cette fois.

— Oui, assez. Je descends.

Je me lève, je la suis. Elle s'arrête sur le seuil pour me dire.

— Qui sait, peut-être qu'après l'accident, maintenant qu'il a besoin de moi...

L'idée qu'ils se remettent ensemble en raison de sa maladie me met mal à l'aise.

— Et vous pensez que les gens peuvent vraiment changer ?

— Vous l'avez dit vous-même.

Je balbutie.

— Oui, mais Manfred est quelqu'un de très rigide...

Elle reprend l'air inquisiteur qu'elle avait en entrant.

— Quand est-ce que vous repartez ?

— Moi ? A la fin de la semaine. Mon mari vient me chercher, pourquoi ?

— Manfred m'a chargée de vous demander si vous pouvez venir le voir avant de partir.

Elle dit ça sans baisser les yeux. Le sang me monte au visage. Par chance, il n'y a pas beaucoup de lumière dans l'entrée.

— Si vous voulez, vous pourrez me laisser votre fils, il y a un jardin autour de l'hôpital.

— Je sais. J'y suis déjà allée.

Je ne les supporte pas. Tous gentils, autour de mon lit.

— Tu veux un peu d'eau, ta blessure te fait mal, le cathéter fonctionne bien...

Qu'ils partent et me laissent dans la merde ! Ils font salon. Luna parle des enfants.

— Ils demandent de tes nouvelles.

Des conneries tout ça ! Les enfants ne veulent rien savoir des parents blessés ni des parents absents.

Et Albert et Stefan qui me disent où je dois habiter, ils m'ont déjà réservé un infirmier.

— Va habiter chez papa, il sera content et tu trouveras plus facilement un infirmier en ville.

J'ai fait un signe de la main, un signe clair.

Bouche cousue, je ne veux pas vous entendre.

Dès qu'on me laisse sortir, je rentre à la maison, j'engage quelqu'un pour m'aider, une femme jeune de préférence, si en plus elle couche, je fais d'une pierre deux coups. J'aurai besoin de quelqu'un.

Après l'opération, le docteur est entré dans ma chambre, il a fait sortir tout le monde et il m'a tout dit. Je l'ai connu quand Clara s'est cassé le bras. Un type qui ne brode pas.

— Manfred, tu as eu une fracture entre la colonne thoracique et la colonne lombaire, mais par chance la moelle épinière est intacte. Nous l'avons réduite et on mesurera les dommages avec le temps.

Mes frères ne viennent plus me voir, mon père non plus. Dès que j'ai pu parler, je leur ai dit que je ne voulais pas de visites. La gorge me faisait mal, je n'avais pas beaucoup de voix, mais je tenais à mettre les choses au clair.

— Je ne monte plus au refuge, mais vous je ne veux plus vous voir ici. Je n'ai besoin de personne.

Ils viennent quand même, ils s'arrêtent en bas pour bavarder entre eux et demandent de mes nouvelles à Luna. Elle, j'ai bien essayé, mais c'est plus difficile de la renvoyer.

— Pars en vacances avec les enfants, je n'ai pas besoin de toi.

Elle a aussitôt éclaté en sanglots. C'est fatigant de rester immobile et de la regarder pleurer. Ça ne lui arrivait jamais, elle refoulait ses larmes quand on s'engueulait.

— Je ne veux pas te perdre, Manfred, je l'ai compris quand nous avons été loin l'un de l'autre.

J'ai essayé de la convaincre, mais c'est difficile de se battre au fond de son lit.

— Tu ne voulais même pas m'amener les enfants.

— J'avais peur de te revoir. Pendant ces soirées où j'étais avec eux à la maison, j'ai compris combien tu m'as manqué, combien je te manque moi aussi.

Elle se trompe, c'est seulement son corps que je voulais retrouver. Je ne le lui dis pas, sinon elle va se remettre à chialer.

— Maintenant je me suis habitué à vivre seul.

Mais ça aussi, ça la fait pleurer.

— Arrête ! Aide-moi à me changer.

J'enlève mes lunettes, comme ça je ne la vois pas. C'est elle qui me les a apportées. Et tous les jours du linge propre, des gâteaux que je ne mange pas. Elle me change, me coiffe comme si j'étais son bébé. Elle me tient. Quand ses mains me savonnent, ça me plaît, elle le fait bien, mais je n'ai pas envie de l'avoir. Ce serait toujours mieux qu'une étrangère, peut-être qu'avec le temps l'envie reviendrait. J'aurais à nouveau les enfants avec moi.

Ils sont venus me voir. Clara m'a donné un baiser, pas Simon. Luna lui disait de m'embrasser, mais il me regardait sans rien faire. Je l'ai arrêtée.

— Laisse-le tranquille.

Je pourrais récupérer Simon et Clara, leur casser les pieds, les voir grandir, les emmener en montagne. Et à nouveau les discussions, la colère. Je ne sais pas si je peux. Elle me pousse sur le côté, elle me chuchote.

— Si je ne te manque pas, pourquoi tu n'as pas jeté la sculpture ?

J'attendais l'hiver pour la brûler dans la cheminée.

C'est ce que je lui aurais répondu si j'étais en forme et si elle ne pleurait pas pour un rien.

Mais je ne dis rien, ce qui m'importe ce matin ce n'est pas de lui répondre. Je veux me sentir bien. Les calmants me font de l'effet jusqu'à l'heure du déjeuner, après la douleur revient, ils ne peuvent pas m'en donner trop.

— Elle vient quand ?
— Elle est ici. Elle attend que je descende.

C'est juste, il faut que je la voie seul. Mais Luna, comment elle a fait pour comprendre ?

— Elle me laisse le petit, comme ça elle monte toute seule.

Nos pensées se touchent encore entre elles. C'est ce qui arrive quand on a été mariés longtemps.

Elle est ici. Elle va voir quel bon petit plat je lui ai préparé. Elle pense que je suis hors jeu, qu'elle s'en est tirée. Elle n'est pas encore née celle qui roulera Manfred.

Luna a fini de me laver, elle fait le lit. Elle est parfaite pour mettre de l'ordre, nettoyer. Elle pose mes mains au-dessus du drap, je l'arrête.

— Je ne suis pas encore mort.
— Manfred !

J'ai toujours aimé lui faire peur. Je chausse mes lunettes. Elle ramasse le linge sale, puis, arrivée à la porte, elle se retourne.

— Tu as besoin de quelque chose ?
— Non, fais-la monter.

Elle me fixe.

— Elle te plaît cette femme, Manfred ?

Je fais semblant de n'avoir aucune réaction, j'ai de l'entraînement. A la fin, quand nous ne baisions plus et que j'allais me chercher la première venue, elle le devinait aussitôt, dès que je rentrais à la maison et qu'elle posait les yeux sur moi.

— Elle m'a sauvé la vie. Je dois bien la remercier, non ?

— Ne te fâche pas, ça te fait du mal.

Il suffisait de peu de choses, déjà à l'époque, elle se laissait tout de suite convaincre. Luna toute crachée, ne jamais aller au fond du problème.

La porte blanche est refermée. Si elle me voit avec les lunettes, elle va se rappeler le dessin. Je m'en fous, je sais comment la mater. C'est à Marco que je pense surtout. Ne dis pas de bêtises, Manfred, c'est à elle. La comédie au refuge, elle se lave les cheveux, elle danse avec Stefan, son fils la cherche, et elle me lance à la figure.

— Votre mère n'était pas partie ?

Quelle rage, je pourrais l'étrangler. Je n'en aurais pas la force. Je dois bien peser ce que je suis capable de faire et de dire ici, de manière à lui faire peur. La petite dame attise le feu, puis parle du dessin, ou bien de ton état, de la peine que ça lui fait, et tu veux la tuer. N'entre pas dans son jeu. Toi, tu vas t'y prendre autrement. Silence, quelques rares paroles, tu la regardes, elle attend et toi tu ne lui dis rien, tu la fais mourir de curiosité, de peur, elle veut savoir qui tu es, mais tu ne le lui dis jamais complètement, tu ne te mets pas à sa merci, toujours un coup d'avance, comme en montagne, tu lui enlèves son enfant et tu la fais souffrir, maintenant tu n'as plus la force du corps, mais celle de l'esprit, oui. Viens, Marina, je t'attends.

J'ai déjà vu ces bancs ce soir-là. Ils étaient vides, j'avais mon enfant dans les bras. Aujourd'hui des malades en peignoir y sont assis, d'autres se promènent sur la pelouse. On a l'impression que tout finit ici, dans cet hôpital.

Luna essaie de prendre Marco dans ses bras, mais il ne veut pas. Il a envie de pleurer.

— Je veux ma maman.

— Je vais seulement voir Manfred, mon amour, je reviens tout de suite. Je t'ai déjà dit qu'il s'est fait mal.

Luna sort de son sac un paquet de bonbons et lui murmure.

— Je t'en donne autant que tu veux, on ne le dira pas à maman.

Il me regarde avec un sourire malicieux, il laisse Luna le prendre dans ses bras. Ils s'éloignent. Nos enfants sont à notre merci, ils croient tout ce qu'on leur dit.

Je pousse la porte vitrée. Les hôpitaux, une odeur de légumes bouillis et de détergents.

Le matin qui suit l'accouchement, on me l'apporte pour que je lui donne le sein. C'est l'aube, je ne sais pas encore que je manque de lait. Ma mère, mes sœurs, Mario et ses parents ne sont pas encore arrivés, rien que nous deux, lui et moi.

Il est dans mes bras, je le regarde. Je sens une force immense, c'est moi qui l'ai fait, il deviendra un homme, et quand je serai morte, lui, ce tout petit, sera un géant. Grâce à moi. Et puis, les jours passent, les mois, les années et j'oublie cet instant.

Je monte les marches, premier étage, chambre vingt. J'ai peur que ça me fasse impression. Luna dit que non.

— Il va bien, il ne souffre pas trop. Il ne peut pas bouger, mais il parle. Il ne capitule pas, tu sais comment il est fait.

— Qu'est-ce que tu veux dire ?
— Tu verras.

Le couloir est désert, la porte de sa chambre fermée. Mon cœur bat fort, pourquoi ? Cet homme, Marina, te fait la guerre depuis le début, mais personne, depuis que tu es née, ne te connaît aussi bien que lui. Reste sur tes gardes. S'il veut te remercier, tu lui réponds.

— Pensez-vous ! Je vous devais bien ça.

Pas un mot de plus. Demain Mario arrive et tout est fini. Même les battements de ton cœur, la peur, l'envie de le voir. Ne le dis à personne, Marina, n'y pense pas, il le lirait dans tes yeux. S'il comprend à quel point tu le désires, tu es à sa merci. Arrête ton cœur, sois froide, forte, lointaine.

La porte blanche s'ouvre, autant de glace d'un côté que de l'autre.

La voilà, elle est belle, mais ce n'est pas mon genre de femme.

Il me plaît comme ça, allongé, tout propre, avec ses lunettes. Qu'est-ce que je lui dis maintenant ?

— Comment tu vas ?

Elle me tutoie, comme moi ce fameux soir, quand j'ai enfoncé la porte.

— J'aurais pu mourir, je suis toujours là.

— Je peux m'asseoir ?

Je fais signe que oui. Vue du lit, elle me paraît petite et maigre. Et elle, comment elle me voit ?

Il ressemble au bonhomme du dessin.

Ne t'attendris pas, Marina.

Aucune pitié, Manfred !

— Merci d'avoir appelé la police.

— Penses-tu, je te devais bien ça, non ?

— Pourquoi ?

Que lui répondre ?

— Tu sais bien pourquoi.

Il sourit, j'ai peur de ce qu'il va dire. Je veux me glisser dans ton lit, Manfred, il n'y a personne, nous nous serrons l'un contre l'autre, en silence.

— Parce que j'ai amené Marco ici après l'accident ?

Elle approuve de la tête. Maintenant laisse passer un moment de silence, Manfred, fais-lui croire que le sujet est clos.

Sa main rugueuse, abandonnée sur le drap, retrouvera-t-elle sa force d'avant ? Sinon, à quoi bon avoir téléphoné à la police ? Il me fixe, il est grave.

— De toi.

— De moi, quoi ?

— Je l'ai sauvé de toi.

Sortir en courant de cette chambre, qui va m'arrêter ? Pas lui, il ne peut pas bouger.

— Je sais bien que c'est ce que tu penses, depuis le début, mais ce n'est pas vrai.

— Non ?

Immense fatigue, comme quand on est petite, qu'on est prise sur le fait et qu'on sait qu'on est perdue. Tu n'es pas libre, l'enfant pleure, tu n'y arrives pas. Tu fais des efforts, personne ne le sait à part lui. Et puis un jour, de nouveau, l'obscurité devant tes yeux, le silence, le froid.

Ne lui dis rien, elle est en train de craquer, attends.

— Qu'est-ce que tu veux faire, Manfred ?

— Je ne sais pas, dis-moi.

J'ai envie de pleurer, il ne faut pas lui faire voir ma faiblesse.

— Me l'enlever ?

— Je devrais ?

Tu sais depuis toujours que tu es différente des autres femmes, Marina, tu n'es pas une bonne mère. Dis-le-lui.

— Oui, je le sais depuis sa naissance. Je tiens à lui, mais ça ne veut rien dire parce qu'il peut m'arriver de le haïr. J'ai parfois envie de m'en aller, de le laisser à quelqu'un, au premier venu, mais il dépend de moi, il m'attend, il pleure s'il ne me voit pas.

— Comme tous les enfants.

— Oui, sauf que moi, je ne peux pas, j'ai beau essayer, je n'y arrive pas. Tout d'un coup je craque, et ça, on n'a pas le droit. Si on a un enfant, il faut tenir du début à la fin, moi je suis capable de l'oublier, de penser à autre chose.

— A danser.

Il est fou, quelle idée lui passe par la tête ? Oh mon Dieu, qu'est-ce que je lui ai dit ? Je me suis laissé avoir, mon enfant, qu'est-ce que j'ai fait ?

Je me lève d'un bond, je me dirige vers la porte.

— Attends !

Je me retourne, il sourit, c'est un monstre.

— Tu veux te débarrasser de lui, hein ?

Je m'approche du lit, le poing levé.

— Tu es fou, même Luna me l'a dit.

Il retient ma main avec la sienne.

— Frappe-moi si tu veux, mais ne crie pas ! Les infirmières nous entendent.

J'abaisse ma main, il ne la lâche pas, je la fais glisser dans la sienne, il la serre, comme au ruisseau. Nous nous regardons : les mêmes pensées, un creux à l'estomac, toute force évanouie, vaincus, tous les deux.

— Ton mari vient te chercher.

— Demain.

Il me tient, il est le seul à m'avoir tenue, depuis toujours.

Je me penche sur lui, sans même savoir ce que je suis en train de faire. J'ouvre ses lèvres avec les miennes, il me laisse faire, sa langue, la salive, l'intérieur de sa bouche.

Je veux cette femme, c'est la seule que je veux, je dois trouver le courage de le lui dire.

— Ne m'abandonne pas.

Je m'écarte de lui, j'effleure ses lèvres d'un petit baiser comme j'en donne à Marco. J'appuie ma joue contre la sienne. Il me chuchote à l'oreille.

— Ton enfant, ne l'abandonne pas.

Le retour

1.

Je pense à ce que j'étais il y a quinze ans, quand je suis venue ici pour la première fois, et je ne me reconnais pas. Je n'arrive pas à croire que c'était moi cette femme seule, en vacances à la montagne avec son premier enfant encore tout petit. De la fenêtre du train, j'égrène mes pensées et mes souvenirs sur l'étendue des neiges.

Marco dans la poussette. Je le promène au milieu des montagnes, à l'aube. J'ai froid, sommeil, et constamment en moi une sensation de glace. Les vaches, son piolet dans l'entrée, les traces de terre de ses chaussures. Tout se mêle en moi, sentiments, peurs, désir. Des jours et des jours à marcher péniblement dans la montagne et dans mon âme.

Ces quinze années, j'ai eu mille fois envie de te les apporter en cadeau, Manfred.

Regarde ce que je suis devenue. Marco, tu aimerais le voir aujourd'hui. En rogne contre moi, contre son père. Il sort et on ne sait pas quand il reviendra. Le samedi et le dimanche, il dort si tard qu'on le croirait mort. A une heure, j'ouvre la porte pour voir s'il respire encore, il ne dormait jamais quand il était petit. Il parle peu, il refuse les remarques, il suit ses études et il n'est jamais content.

J'ai une fille, Manfred, elle a trois ans de moins que son frère. Quand elle est née, je n'ai voulu écouter personne. J'ai chassé de ma chambre les donneuses de conseils. J'ai allaité pendant quatre mois. Elle s'appelle Silvia, comme la fille de Bianca. J'ai essayé de lui donner la force que je n'avais pas. Elle tient tête à son frère, se bat contre moi, elle est plus accommodante avec son père. Il aime danser, et elle aussi.

Ta fille, qu'est-elle devenue ? Je me le suis souvent demandé. Et les enfants ? Plus de vingt ans maintenant.

Je n'ai rien voulu savoir de toi pendant ces quinze années. Je t'ai écrit une lettre, une semaine après mon départ. Elle m'est revenue. Tu l'as glissée dans une autre enveloppe à mon adresse, pour qu'il soit bien clair que tu l'avais lue. Aucun commentaire, comme Marco. Je ne sais plus rien de toi, mais je t'ai imaginé, rêvé, parlé.

Le désir, plus que tout. Les premières années, j'en pleure la nuit. L'estomac douloureux, même le matin où Silvia est née, à l'hôpital.

Viens maintenant, franchis cette porte, je veux te la faire voir. Je suis devenue mère une nouvelle fois.

Tu n'es pas venu, tu n'as jamais été là et pourtant toujours. Le creux à l'estomac n'est plus qu'un souvenir, ça me faisait du bien pas du mal de l'avoir avec moi.

— Il y a très longtemps, voilà quinze ans, j'ai rencontré un homme. J'ai l'impression de l'avoir connu mieux que tout autre.

C'est ainsi que j'ai parlé de toi à l'une de mes sœurs, la dernière. Elle a perdu son mari dans un accident, elle élève ses enfants toute seule. Elle est inconsolable et elle rêve de le retrouver.

— Tu as eu un amant, Marina ?

— J'aurais voulu faire l'amour avec lui, je ne le cache pas, mais ce n'est pas arrivé. Il sait quelque chose sur moi que les autres ignorent. Je ne l'ai pas revu, mais il n'est jamais parti. Il m'a donné des coups de pied, il m'a remise debout, il a confié Marco à mes bras pour toujours. Je sais ce que tu vas me dire, et c'est pour ça que je n'en ai parlé à personne avant toi. Tu vas me dire : tu n'as pas vécu avec lui, tu n'as partagé avec lui ni les enfants ni la vie. Qu'est-ce que tu sais de lui ? Rien encore, je ne sais même pas s'il peut marcher, s'il est avec sa femme ou avec une autre. Mais je suis sûre qu'il est vivant.

Elle sourit tristement.

— Mon mari est vivant tous les matins, quand je me réveille, et il meurt une seconde plus tard.

— C'est pour ça que je te le raconte. La présence, l'absence, difficile de distinguer parfois.

Elle m'a embrassée, elle s'est sauvée pour récupérer ses enfants à l'école. Peut-être que je l'ai aidée, qui sait ?

Voilà les montagnes, j'ai peur. J'arrive dans trois heures. Il est possible que je ne te trouve pas, que tu sois parti en Alaska. J'en ai tenu compte dans mes prévisions, il me suffira de revoir la maison, de monter au refuge. Peut-être qu'il est tenu par les enfants de Bianca ? Peut-être qu'il n'y a plus personne ? Difficile d'imaginer que les Sane abandonnent les pierres, le ruisseau, le bois.

Ils garent leurs voitures n'importe comment, il neige et le matin ils sont bloqués. Tu donnes un coup de pelle sous les pneus, si c'est gelé tu jettes du gravier, mais de toute façon ils ne savent pas manœuvrer.

— N'accélérez pas, juste un peu, ne braquez pas !

Ils sont nuls, ils arrivent de la ville et ils ne savent pas conduire. Ils demandent.

— Faites la manœuvre pour moi, s'il vous plaît !

Et ma jambe ? Ils ne voient pas que je ne peux pas conduire ? Ils ne réfléchissent pas, alors ils s'excusent.

— Ne vous inquiétez pas, essayez encore. Pas trop de gaz, un souffle.

Ils n'y arrivent pas, il faut que j'appelle Simon et le cuisinier pour qu'ils poussent.

J'ai envie de les insulter, mais je ne peux pas, ce sont des clients. Luna m'a fait la leçon.

— Il faut rembourser le prêt.

L'emprunt pour les travaux m'a changé la vie. Elle le dit elle-même.

— Tu as fait des progrès, Manfred. Tu es presque normal.

J'ai le choix ?

— Notre hôtel marche mieux que le refuge de ton frère et que le magasin de Stefan. Tu n'es pas content ?

Pour Clara qui fait des études au loin, pour Simon qui nous succédera quand nous serons vieux. Ou fatigués. C'est déjà mon cas. Je passe le moins de temps possible dans l'hôtel. Je répare, je déblaie la neige, je m'occupe des travaux, des architectes, des devis. Dans la cour, je lève les yeux sur l'hôtel à trois étages qui était ma maison.

Une fois par semaine, je vais tout seul dans la montagne. Je marche doucement, mon bâton à la main, personne ne me voit. J'exerce la jambe qui m'est restée, je l'ai renforcée, ses muscles se sont durcis, elle travaille pour deux, c'est pour ça que les clients ne s'en aperçoivent pas.

Je laisse ma pelle auprès du dépôt, je m'occuperai de l'intérieur après, quand ils seront tous en train de skier.

Je nettoie mes chaussures à l'entrée. Quand mon père est mort, on a repris le tapis. Luna l'a mis dans le hall, auprès du comptoir. Je pense à lui chaque fois que j'entre. Simon téléphone à son amie, qui habite en ville. Je lui fais un peu la guerre, je ne veux pas qu'il se marie trop tôt.

— Où est maman ?

Il me fait signe qu'elle est en bas, à la cuisine. Il prie son amie de patienter un instant.

— La chambre dix a appelé. La douche ne marche pas.

— Je vais voir. Tu as besoin de passer ton temps au téléphone ?

— D'accord, pa !

On n'entend que la première syllabe, les autres il les avale. Il a dû entendre ça quelque part, à la télé sans doute. J'aime bien.

— Manfred, tu te rends compte que tu as dit trois mots dans toute la journée. Exactement trois.

Je parle de moins en moins, je m'en suis aperçu. Peut-être que c'est une maladie. Ou que je n'ai rien à dire. Je me demande parfois ce que je pourrais ajouter, mais je ne vois pas.

En montagne, quand je m'assois pour manger et boire une bière dans le silence, je voudrais bien parler avec quelqu'un. Un jour j'ai hurlé, juste pour entendre le son de ma voix et puis j'ai éclaté de rire. J'avais l'impression d'appeler quelqu'un.

Je n'ai pas envie de parler. Luna a trop de travail pour me faire des reproches ou se sentir seule. Les enfants savent que c'est ma nature, mais avec eux je fais un effort, surtout avec Clara quand elle vient en vacances.

— Ça te plaît tes études ?

— Bien sûr, c'est moi qui ai choisi.

Elle est brusque Clara. Elle était différente dans son enfance, elle essayait de me faire plaisir de peur de me mettre en colère.

— Je ne viendrai pas vivre ici, comme Simon, je ne veux pas m'occuper de l'hôtel.

— Tu as raison, tu dois faire ce qui te plaît.

Elle s'en va mécontente. Elle aime bien se battre. Elle me ressemble, même physiquement. Mais je ne peux pas lui faire ce plaisir. Ma fureur est sans doute allée finir dans la jambe morte que je traîne derrière moi. Luna a raison. J'ai changé depuis mon accident.

Je monte l'escalier, chambre dix, deuxième étage, je frappe. Ils sont déjà sortis. Je vais dans la salle de bains contrôler la douche. Il faut changer la garniture. Je démonte la pièce, je la pose sur le lavabo, je croise mon visage dans le miroir. Tu as vieilli, Manfred, nouveauté de la journée, une fuite à la douche de la chambre dix. Pas une pièce n'est restée comme autrefois, l'architecte a changé les salles de bains, les lits, les couloirs, ajouté des portes, abattu des murs, élevé des cloisons. C'est pareil pour la maison, impossible de la reconnaître.

— Vous êtes déjà venue ici ?
— Oui, une fois, il y a longtemps.
La jeune fille m'accompagne jusqu'à la chambre.
— Le village n'a pas beaucoup changé.
— J'ai vu. La pâtisserie est toujours au même endroit, la boulangerie et la boucherie aussi. Il y a quinze ans, j'avais loué une maison dans la rue qui monte vers le grand pré.

Elle ouvre la porte. La chambre est petite, les fenêtres donnent sur la place. Je pose la valise, j'écarte le rideau, les étals, l'orchestre, le jour de fête.

— La chambre vous plaît ?
Je me retourne.
— Oui, c'est parfait. La maison que j'avais louée appartenait à Manfred Sane.
— Maintenant c'est un hôtel, il lui appartient toujours.

Elle parle peut-être d'un autre, dans les villages les noms se répètent. J'ajoute.
— Son frère avait le refuge du col.
— Albert. Il l'a encore.

Pendant toutes ces années, je l'ai imaginé ici, sur les cimes, en voyage, seul, avec sa femme ou avec d'autres, mais jamais tenant un hôtel.

— C'est vraiment Manfred qui s'en occupe ?
— Oui, avec sa femme et son fils.

Avec sa femme, bien sûr. Tu devais t'y attendre, Marina, tu n'es pas venue pour ça, tu voulais le revoir, rien d'autre. Sur le seuil, la jeune fille me demande.

— Vous restez une seule nuit ?

— Oui, demain, je voudrais aller au refuge. Il est ouvert, on peut y dormir ?

— Bien sûr, si vous voulez je les appelle. Ils viendront vous prendre au téléphérique avec la chenillette.

Je m'assieds sur le lit.

— Je vais réfléchir, je vous le dis ce soir au dîner.

Je reste seule. La maison est devenue un hôtel et il fait le même métier que son frère, avec sa femme. Et toi, tu as passé quinze ans avec ton mari, une fille, une nouvelle maison, quelques voyages.

Je m'allonge sur le lit. Je devrais ouvrir ma valise, on dîne tôt ici. Je ferme les yeux. J'avais une raison pour venir, mes rêves de toutes ces années.

Le soir au lit, j'ai éteint la lumière de mon côté. Mario continue à lire.

Voilà que tout revient me rendre visite. Nuit, ténèbres, glace. J'ai fait mal à mon fils quand il était petit, il ne s'en souvient pas, peut-être qu'il garde ça en lui. Le seul à le savoir c'est Manfred et pourtant il m'a confié l'enfant. C'est pour ça que j'ai su les élever et que Mario est encore à côté de moi.

Un jour je reviendrai, juste pour voir s'il va bien et s'il peut marcher. Je lui apporte les photos des enfants, nous bavardons, nous l'avons fait si peu. Je prends un train toute seule, sans le prévenir. Je réserve un hôtel, je l'appelle et nous nous voyons. J'ai vieilli, lui aussi, nous arriverons bien à transformer le désir en paroles.

Je me lève, j'ouvre la valise, je prends des affaires, pas beaucoup. Demain je vais au refuge, je retrouve Bianca et Albert s'ils y sont encore. Après, quand je serai prête, lui aussi.

Je passe entre les tables, je cherche Luna. Des nouveaux clients jettent un coup d'œil sur ma jambe. Les vieux sont au courant.

— Bonsoir, Manfred. La neige était fantastique aujourd'hui.

— Tant mieux !

— Quel temps on aura demain ?

Ils posent la question tous les soirs.

— Des nuages, mais pas de neige.

Je me lance, en général je tombe juste.

Luna bavarde debout près d'une table. Elle sait y faire, les gens s'attachent à elle et ils reviennent. S'il n'y avait que moi, on n'irait pas bien loin avec cet hôtel, mais c'est elle qui l'a voulu. Je m'arrête, je la laisse terminer. Elle décrit les pistes, explique où il faut aller pour acheter le forfait ou louer des skis. Comment fait-elle pour garder le sourire en disant toujours la même chose ? Elle était institutrice, tous les ans elle répète les mêmes leçons aux enfants. Elle me voit.

— Manfred.

Quelques légères rides autour des yeux. Elle a pris du poids. Je l'aime bien cette femme.

— Je vais à la réunion, tu n'as pas besoin de moi ?

— Non, dis-leur que s'il neige, on aura de la chance.

Elle se tourne vers les clients.

— On doit mettre des canons sur toutes les pistes, il tombe de moins en moins de neige et il faut en ajouter de l'artificielle. Ça coûte cher, mais on ne peut pas faire autrement.

Ils se lancent dans une conversation qui passe de la neige au réchauffement climatique. Je m'éloigne. Ça fait quinze ou vingt ans que le glacier fond, on s'en aperçoit maintenant que les touristes n'arrivent plus à skier. Il y a une réunion à la mairie. J'y vais, pour écouter plutôt que pour parler. Albert s'y connaît mieux que moi. J'étais un guide, je marchais sur le glacier.

Je prends mon bâton. Le soir, ma jambe me fait plus mal. Avec la vieillesse, ce sera pire. Je dois continuer à entraîner l'autre. J'enfile la veste que Luna m'a achetée. Je ne parle pas, je n'achète pas, ça doit être la même maladie.

Il a neigé à l'improviste, hors saison. Rien pour les vacances de Noël. Le village est tout blanc, comme quand nous étions petits et que nous descendions pour la messe de minuit. On nous regardait, on chuchotait.

— Voilà les Sane !

Les yeux fixés sur le curé, sans jeter le moindre coup d'œil à la ronde. On n'a pas besoin d'eux ! Et maintenant on va tranquillement à une réunion de la mairie.

— Les Sane ont des femmes, des enfants, des hôtels.

Stefan aussi s'est trouvé une épouse, une Slave – il y en a de plus belles –, et il a eu un fils. Il se croyait malin. Maintenant elle commande, ne lui achète pas de vestes, ne fait pas la cuisine, elle l'a mis à genoux, c'est un grand mystère. Stefan est avec elle comme un gosse devant la vitrine d'une pâtisserie. Si on lui demande pourquoi, il répond toujours la même chose.

— C'est la seule à qui je ne peux pas raconter de salades.

C'est possible, même si la Slave fait ce qui l'arrange et qu'il la suit la langue pendante. La route est gelée, demain ce sera encore le cirque avec les voitures. J'étais guide, me voilà gardien de parking, belle carrière. Pas un bruit dans le village. Clara a raison de vouloir partir, quand on est jeune on renverse les obstacles, on est plus fort que le monde. Il suffit d'un bond pour atteindre les montagnes. Maintenant, les montagnes, tu les regardes avant de t'endormir, comme dans ton enfance la crête du Géant. Mais quand tu es petit, le géant, c'est toi.

Bianca, au téléphone il a fallu lui expliquer qui j'étais.

— Marina, mais bien sûr, il y a tant d'années ! Combien ?

— Quinze.

— On a tout changé ici, tu sais, le refuge, les chambres. Mais pas les montagnes, elles sont toujours pareilles.

Elle rit.

— Et ton fils ?

— Il est grand, j'ai eu une fille depuis. Et les tiens ?

— Silvia est ici. Gabriel et Christian sont moniteurs de ski au village. Mais viens, on t'attend.

Des enfants courent dans le salon de l'hôtel. Les mères bavardent entre elles, des bouts de phrases arrivent à mes oreilles.

— Je ne veux pas le mettre au lit trop tôt, il va se réveiller aux aurores...

Un voyage toute seule, c'est la première fois. Je l'ai longtemps rêvé, jamais réalisé. Mario n'arrivait pas à y croire.

— Toute seule, tu es sûre ?
— Toi tu as ton travail, les enfants vont à l'école. C'est juste pour une semaine.
— Pourquoi là-bas ? Tu n'as jamais voulu y revenir.

Je n'ai pas peur qu'il comprenne. Pour lui ce mois a disparu. Il n'y a même pas de photos dans l'album. Je réponds :

— J'étais seule et le séjour a été rude. Marco ne dormait pas, il s'est blessé. Je ne croyais pas que j'y arriverais.

Il me fixe, il sait que je ne suis pas douée pour me faire comprendre.

— Alors, pourquoi y aller ?
— Pour ça, parce que c'était dur.

Il a souri.

— Un retour sur le champ de bataille.

Il ne sait pas qu'il est tombé si près de la vérité.

Dix heures, je vais au lit. Maintenant on garde les enfants debout tard le soir. Dans l'ascenseur, je croise un père, un biberon à la main. Il va le réchauffer. J'ouvre la porte de la chambre, j'allume la lumière. Sur le seuil, le lit bien tiré, les rideaux, la nuit dehors et tout me revient. Le passé n'est jamais parti, où attendait-il sans bouger, où se cachait-il ? La tête me tourne. Sur le lit, les genoux contre ma bouche, j'ai mal, je souffre, je n'arrive pas à pleurer.

Je suis ici, viens.

Je respire, je me lève. Arrête. Caresser un rêve pendant quinze ans, ça arrive à tout le monde, n'y pense plus.

Je me déshabille. Je suis maigre. Depuis la naissance de ma fille, mes seins sont petits mais fermes, je me mets de la crème sur le corps. La peau est lisse, le visage plus creusé. Il va me trouver enlaidie. Mais il n'a rien à dire, il doit être vieux, il avait déjà des rides sur le visage. Peut-être qu'il est infirme, qu'il ne peut pas marcher. Bianca va me dire tout ça dès mon arrivée.

La chemise de nuit bleue est neuve. Je lisse mes cheveux courts derrière mes oreilles. Je les avais longs à l'époque. Le lavabo du refuge était trop petit, je n'arrivais pas à les laver.

Maintenant ils ont rénové les chambres. Et j'ai l'air plus jeune avec les cheveux courts.

Ils ont appris à enfiler les mots, les uns après les autres, pour ne rien dire. Achetons les canons et n'en parlons plus. Tout le monde en veut, alors à quoi bon discuter ? Moi, je m'en vais, de toute façon, Albert va rester, je lui dis.

— J'en ai marre, je pars.

— Tu viens chez nous, ce soir ?

— Tu es fou, l'hôtel est plein, comment Luna va faire pour s'en sortir ? Je dois déblayer la neige, déplacer les voitures.

Il rit, il s'est laissé pousser la moustache, on dirait le père.

— Quel drôle de type tu es, Manfred.
— Sans moi, l'hôtel s'arrête.

Je me lève, tout courbé, pour ne pas me faire remarquer. Il me rappelle.

— Manfred !
— Hein ?
— Tu as vu que la femme de l'accident est ici ?
— Qui ?
— Celle qui a téléphoné à la police quand tu es tombé.

Immobile, plié en deux.

— Tu es fou.
— Elle est au village, elle monte chez nous demain, elle a appelé Bianca.
— Je ne savais pas. Merci.
— Salut.

Je sors de la salle. Dans le couloir on discute des canons par petits groupes. Une fois dehors, je ferme ma veste. Je marche jusqu'à la place, pas vers la maison, pas tout de suite. La jambe me fait mal, mieux vaut éviter de rester sans bouger dans le froid.

Comment je dois prendre la nouvelle ?

Comme à l'hôpital, quand j'apprends par Luna que son mari est venu la chercher ?

C'est moi qui lui ai dit de s'en aller.

Ou comme le jour où je lui ai renvoyé sa lettre.

Tu as bien fait, Manfred, tu n'es pas l'Américain, tu ne voles pas la femme des autres.

Dans sa lettre, elle me remercie, mais on devine qu'elle veut dire : je t'ai donné un baiser, je veux t'en donner d'autres. Elle lèverait encore le poing sur moi si je le lui disais, parce que c'est la vérité.

Ou alors il faut ne plus y penser du tout, comme je l'ai fait durant toutes ces années. Sauf une fois.

La maison est devenue un hôtel, on l'inaugure, c'est la fête. La moitié du village est venue, les frères, le père, les neveux. On me fête aussi, parce que je me suis remis à marcher. La rééducation a été longue, Luna et les enfants m'ont bien aidé.

On mange, on danse. Pas moi, avant, ça ne me disait déjà rien, maintenant j'ai une bonne excuse. Stefan fait danser Luna, il a toujours été attiré par elle, de toute façon elles lui plaisent toutes. Et voilà qu'à la place de Luna, c'est elle que je vois dans les bras de Stefan. J'étouffe de rage à l'idée de l'avoir laissée partir, de l'avoir jetée dans les bras de son mari. Je me sens idiot. Luna arrête de danser, s'approche de moi, elle est heureuse, me donne un baiser. J'ai honte, mes regrets s'évanouissent.

La nuit, je rêve d'elle. Je suis enseveli dans la neige. Elle m'embrasse comme à l'hôpital, toute sa chaleur dans ma bouche, mais elle ne peut pas me dégager de la crevasse. La Reine des neiges te réchauffe et s'en va.

Elle est en vacances avec son mari, peut-être que son fils est là aussi. Quel âge il a le gamin ? Dix-sept, dix-huit ans, c'est un jeune homme. Ils sont venus passer une semaine en montagne en famille.

Voilà ce que tu dois te dire, Manfred.

2.

Le refuge est couvert de neige, sans les rochers on ne s'y retrouve pas. Je descends de la chenillette. Le jeune homme qui la conduit me dit.

— Je travaille pour eux depuis quelques années, ils ont davantage de clients et ils n'y arrivent plus tout seuls.

— Et Silvia ?

J'ai l'impression qu'il rougit.

— Elle travaille avec sa mère.

Nous sommes recouverts de la poussière de neige soulevée par les chenilles. Le jeune homme conduit avec assurance sur une route non tracée, dans un paysage que la neige a effacé. Je n'ai fait ce trajet qu'en redescendant pendant une nuit d'été. Marco dormait dans mes bras, il y avait des gens avec nous, aujourd'hui je suis seule. Je ne me rappelle pas le visage qu'il avait dans son sommeil. Quand je suis chez moi, je prends les photos pour ne pas oublier leurs traits d'enfants. Mais je n'en ai pas de ce mois-là. Je pense à la manière dont je le tenais dans mes bras, à ses yeux fermés, à sa tête. L'endroit où on lui avait coupé les cheveux, la cicatrice recouverte d'un duvet. Et parfois à ce qui peut rester en lui de ce mois-là.

Une conversation avec lui, à table.
— Tu ne tenais pas en place, tu tombais, tu te faisais mal.
— C'est toi qui n'étais pas assez attentive, maman.

J'en reste muette, je le regarde, qu'est-ce qu'il sait ? Maintenant il s'inquiète de mon silence.
— Je rigole, maman !
— Non, tu as raison, j'étais distraite, ton père me le disait, et toi tu étais impossible. Silvia était plus sage.
— Je te mettais à l'épreuve, hein ?
— Oui.
— Comme ça tu ne pouvais pas m'oublier.

Il s'en va en riant. Manfred aurait pu me dire une chose de ce genre. Un jour, j'ai fait allusion à lui pour les mettre en contact.
— C'était le propriétaire de la maison, un guide, il nous a emmenés à l'hôpital. Je m'étais cachée derrière la porte, je n'avais pas le courage de te regarder.

Il m'écoute, il pense à la solitude de sa mère incapable de lui porter secours, à sa vie.
— Heureusement qu'il nous a entendus.
— Oui, heureusement.

Le garçon me suit avec la valise, nous nous enfonçons dans la neige. Je pousse la porte d'entrée. Tout est neuf, les murs recouverts de bois, le comptoir. Il ne reste que la marmotte empaillée dressée sur ses pattes arrière et la luge. Il n'y a pas grand monde, les skieurs sont encore dehors. Une jeune fille brune m'accueille.

— Bonjour.
— Bonjour, j'ai réservé une chambre.
— Oui, ma mère me l'a dit.
— Tu es Silvia ?

Elle fait signe que oui.

— Tu ne peux pas te souvenir.

Elle secoue la tête. Elle dit d'un ton brusque au garçon de monter la valise. Elle obéissait à ses frères, maintenant c'est elle qui décide. Je lui donne mes papiers et elle m'accompagne à l'étage au-dessus.

— Vous avez tout refait.
— Il y a deux ans.

La chambre sent le bois neuf, il y a une salle de bains, un lit recouvert d'une couette à fleurs. La valise est déjà posée sur la chaise.

— Ta mère est là ?
— Oui, à la cuisine.
— Alors je descends tout à l'heure.

Elle sourit comme la petite fille patiente qui faisait jouer Marco.

Il fait froid, je m'allonge sur le lit, je m'enroule dans la couette. Je pourrais louer des skis, mettre des chaussures de montagne et faire une promenade, lire dans le salon en attendant le retour des skieurs. Aller retrouver Bianca à la cuisine.

Et si personne ne lui dit que je suis ici ? Il est possible qu'il ne l'apprenne jamais. Et s'il le sait, mais que ça ne l'intéresse pas de me rencontrer ? Alors tant mieux. Tu n'y crois pas, Marina ? Si, il pourrait par dépit se livrer à cette petite vengeance. Peut-être qu'il ne peut pas marcher, qu'il est infirme, ne veut pas se montrer.

Je me lève, je vais chez Bianca.

Je n'ai pas dormi et j'ai froid ce matin. Il faudrait que les médecins m'expliquent, je ne la bouge plus cette jambe de merde, alors pourquoi elle me fait mal ? Je déblaie de la neige gelée, je jette du gravier. Il faut qu'ils l'aient toujours sous leur cul leur petite voiture. Il y a des bus tous les quarts d'heure, à pied on fait le tour du village en une demi-heure, rien à faire. Manfred est là pour y penser. Je le dis à Luna ce matin, tout en m'habillant et elle me regarde de travers.

— Qu'est-ce que ça peut te faire qu'ils viennent avec leurs voitures, pourvu que les réservations ne baissent pas ?

— Oui, je sais, l'emprunt !

— Tu es bien nerveux, Manfred.

— Je suis comme d'habitude.

Qu'est-ce qu'elle vient faire ici ? Si elle croit que j'ai envie de les rencontrer, elle et sa famille, elle se trompe. Elle fait exprès d'aller au refuge de Bianca et Albert. Elle est capable d'avoir médité son retour depuis des années, pour me flanquer sa vie à la figure. Ou alors le village n'est pour elle qu'un endroit comme un autre ? Tu es un crétin, Manfred.

Et si je mettais un clou, un petit clou de rien du tout, sous les pneus de ce quatre-quatre ?

Dans notre enfance, on fait ça aux Jeeps qui montent au refuge, pour voir la tête du touriste quand il sort et essaie de démarrer. On l'aide à changer le pneu et il dit à notre père.

— Ils sont doués, vos enfants.

Très doués.

Il est fier de nous, le père, il ne sait pas que s'il ferme le refuge, on se roulera de joie dans la neige. Moi je vais explorer la montagne, Albert et Stefan descendent au village pour vivre leur vie. A l'âge qu'a Clara aujourd'hui, nous avons inventé toutes sortes de ruses pour pouvoir nous en aller. Pendant ces années-là, quand je pense à ma mère, je la comprends presque d'être partie pour l'Amérique. Mon père ne se doute de rien, ne pose pas de questions, chaque jour pareil aux autres pour l'éternité. Le soir de mes dix-huit ans, nous parlons jusqu'à l'aube, mes frères et moi. Cette nuit-là, moi qui n'ouvre jamais la bouche, je pose la première question et j'y réponds tout seul.

— Est-ce qu'on deviendra comme lui ? Moi, c'est sûr que non, je ne me marie pas, ni maison, ni enfants.

Albert a déjà Bianca qui l'attend.

— Si je l'épouse, je ferme la porte à clef toutes les nuits.

Stefan ne sait pas encore ce qu'on fait avec les femmes.

— Moi, j'en embrasse trois à la fois, si une s'en va, il m'en reste deux.

Et voilà où nous en sommes aujourd'hui tous les trois. J'achève de pelleter et je vais chez Stefan. Il comprendra peut-être pourquoi Marina est revenue.

Bianca allume la bouilloire. Nous sommes dans la cuisine.

— Assieds-toi, un thé ?

— C'est toujours la même table, pas vrai ?

— Oui, la table et le poêle, on a changé tout le reste.

Je m'assieds, je touche le bois ancien. Le plat, avec la viande taillée en petits morceaux. Marco la prenait avec les mains.

— D'ici peu, le cuisinier va arriver et commencer à préparer le repas. Il faut que je lui laisse le champ libre. Ils sont comme ça, ils ne veulent personne dans leurs jambes. Avant c'était moi qui faisais tout, mais je suis fatiguée.

Elle a grossi, son visage s'est épaissi. De la mélancolie dans ses yeux. Elle a changé, comme la cuisine. Elle se tourne, me regarde.

— Tu vas bien, tu as l'air plus jeune qu'il y a quinze ans.

— Je me suis coupé les cheveux. Et puis à cette époque, je ne dormais jamais.

— Tu es partie en vacances toute seule. Je devrais en faire autant. Mais à qui laisser Albert et le refuge ? Il ne veut pas bouger d'ici et Silvia s'entend mal avec lui. Et ton fils ? Tu as deux enfants maintenant.

— Marco a dix-sept ans et Silvia quatorze.

— Silvia, comme la mienne.

— Je lui ai donné le même prénom. Je me suis rappelé si souvent les journées passées ici avec vous.

Elle me verse le thé. Je réchauffe mes mains contre la tasse. Elle s'assoit.

— Sans toi, Manfred aurait passé toute la nuit dans sa crevasse.

Je serre la tasse bouillante.

— Comment il va ?

— Très bien. Il n'y a que sa jambe gauche qui ne fonctionne pas. Ils ont ouvert l'hôtel, les enfants sont grands.

La chaleur de mes mains monte à mon visage.

— Ils se sont remis ensemble ?

Elle éclate de rire.

— Comment il aurait fait sans elle ? Plus tard, quand il a été guéri, elle lui a présenté la note. La vie qu'ils menaient avant ne lui plaisait plus et elle avait raison. Et puis Manfred n'est plus le même.

Je me rappelle une autre cuisine, la rencontre avec sa femme.

— Peut-être, maintenant qu'il est malade...

C'est elle qui avait raison.

— Je suis contente qu'il aille bien.

— Il n'a plus de sautes d'humeur, il est gentil, même avec ses enfants.

Je bois mon thé. Ma rage remonte de je ne sais quelles profondeurs. Pourquoi je suis venue ? Illusions perdues, contes de fées, rêves secrets. Tout est simple au contraire, il s'est remis avec sa femme, il s'est calmé.

— Si tu veux, on peut l'appeler. Il sera content d'apprendre que tu es ici.

— Ne te tracasse pas, quand je redescends je passe le saluer.

Stefan me regarde, ses cheveux ont blanchi avant les miens.

— J'avais des clients. On ne pouvait pas se parler au magasin ?

— Ta femme s'en occupe.
— Il fait froid, tu ne m'as même pas laissé le temps de prendre ma veste.
— Si on marche, tu ne t'en apercevras pas.

Je ne lui demande jamais rien, pour deux pas que je lui fais faire, il n'en finit pas de râler. Des voitures, encore des voitures, l'odeur d'essence comme en ville et la neige qui devient noire.

— Elle est revenue, celle-là.
— Qui ?
— Celle qui a appelé la police quand je suis tombé.

Il réfléchit un instant.

— Ah.
— Tant d'années après, pourquoi ? Elle est au refuge.
— Qu'est-ce que ça peut te faire ? Elle doit être en vacances.
— C'est ce que je me suis dit, elle est sans doute venue avec son mari, avec son fils. Rien d'anormal.
— Exactement.
— Alors, il ne faut pas que j'y aille ?

Il me regarde, pense que je perds la boule.

— Pour quoi faire ?
— La saluer. Au fond, je lui dois quelque chose, non ?

Il crève de froid, il a du mal à articuler.

— Tu es devenu un monsieur bien élevé, frangin !

Stefan m'énerve toujours.

— Alors ce serait idiot d'y aller ?
— Non, au contraire, ça lui ferait sans doute plaisir de te voir.
— Merci, salut !

Je le laisse en plan dans la rue. Stefan n'a jamais rien compris à rien. Plutôt crever que de monter au refuge. Si elle voulait me voir, elle n'avait qu'à venir.

Je mange toute seule au restaurant et je ne sais où regarder. Si je pose les yeux sur les autres tables, je me sens indiscrète, si je fixe le vide ou les chevreuils empaillés au mur, j'ai l'air d'une folle. Demain soir, je m'apporte un livre. Ce matin, je me suis promenée, mais il faisait froid. Je n'ai jamais aimé skier. Je me suis endormie sous ma couette. Au réveil, tout était redevenu clair.

Je veux le revoir parce que je lui dois beaucoup. J'ai sorti de l'enveloppe les photos des enfants et je les ai appelés, mais il n'y avait personne à la maison. Je suis seule comme ce mois-là. Il y a du noir en moi, tout au fond de moi. Je peux passer des mois et des années sans en avoir conscience. Et puis ça revient. A qui le dire ? Un soir, je me suis disputée avec Mario. Ça ne nous arrive pas souvent, maintenant je sais me contrôler.

Lui, il est calme. Plus je m'emporte, plus il se maîtrise, jusqu'à devenir de glace. Nos arguments sont absurdes, ce n'est pas ce que nous disons qui nous oppose. Le motif de notre dispute, c'est la violence de ma fureur. Il ne supporte pas de me voir dans cet état, ne l'accepte pas, je ne suis plus la femme qu'il a épousée, il l'a découvert il y a déjà longtemps.

L'enfant dans mes bras, puis par terre. Il me regardait avec horreur. Qui est cette femme ? Encore maintenant ça le terrorise d'aller jusqu'au fond des choses, moi non, ça ne m'effraie plus. Je lui flanque sa peur en pleine figure, j'éclate de rire.

— Je suis comme ça, Mario, si tu veux le savoir. Il y a des hommes qui n'ont pas peur de moi.

Il me fixe en silence.

— Tu en as connu beaucoup ?

— Un.

Un mensonge pour recouvrir l'aveu.

— C'était avant de te connaître, pendant un voyage.

— Tu aurais dû l'épouser.

— Il n'a pas voulu de moi.

Il entre en fureur, jalousie, orgueil blessé. Mais je sais maintenant qui est Manfred, ça m'est sorti de la bouche à l'improviste, c'est le seul homme qui n'a pas peur de moi. Et je le tiens près de moi et loin de tout.

Albert est venu à ma table me dire bonjour.

— Vous avez skié ?

— Non, marché. Je ne suis pas une grande skieuse.

— Hier soir j'ai rencontré Manfred et je lui ai dit que vous étiez ici.

J'ai un sourire tranquille.

— Ça me ferait plaisir de le revoir. Bianca m'a dit qu'il va bien.

— Oui, il est moins ours qu'avant. Il nous manque quelquefois, à Stefan et moi, le Manfred d'autrefois.

— Stefan, comment il va ?

— Il s'est marié, il a un fils. Ils vont monter après dîner. Si vous voulez boire une bière avec nous ?

— Avec plaisir.

Il s'éloigne. Il dansait bien, Stefan. Il sait que je suis ici, Stefan va venir et pas lui. Pourquoi devrait-il venir ? Attends, Marina, demain, après-demain. On va voir s'il résiste.

Tous les soirs pareil, si je veux dire un mot à Luna, il faut que je la cherche au milieu des tables, que je dise bonjour, que je sourie.

— On a bien skié aujourd'hui, Manfred.
— Tant mieux !
— Et quel temps il fera demain ?

J'ai envie de lui dire tempête, rafales de neige. Pas possible, il y a l'emprunt.

— Pas de neige, du soleil.

Il sourit, n'importe quelle connerie les ravit.

Luna bavarde, elle ne se décourage jamais. Elle me voit, se tourne vers les clients.

— Excusez-moi.

Elle s'approche, je lui souffle aussitôt.

— Il est où Simon ?
— En ville, chez sa copine.

La rage me prend, sans que je m'en rende compte j'élève la voix.

— Il y va tous les soirs !

Luna m'entraîne dans la cuisine.

— Pourquoi tu te fâches ?
— Et qui va rester au comptoir, moi ?

Elle me sonde des yeux.

— Tu voulais aller où ?
— Nulle part, au lit. Demain, je vais en montagne de bonne heure.
— Va te coucher, je reste ici.

Son calme me rend fou.

— C'est lui qui devrait être là.

Elle me regarde comme autrefois, quand elle soupçonnait quelque chose.

— Il ne peut la voir que le soir.

— Le pauvre chéri ! Moi je suis ici toute la journée, avec les voitures qui refusent de partir. Stefan me demande de monter au refuge pour voir Albert. Il lui suffit de fermer sa boutique pour en avoir fini. Moi je ne peux jamais sous prétexte que Simon est amoureux.

— Mais puisque tu veux partir tôt en montagne.

Elle finit toujours par taper dans le mille.

— Effectivement, je ne vais pas au refuge, je le lui ai dit. Mais au lit, si.

Je lui tourne le dos et je m'en vais. Elle doit se demander pourquoi je suis en colère, mais tant pis. Elle est patiente, pas moi. Il y a une limite à tout. Tu boites, tu n'es plus guide, tu es marié, tes enfants sont grands, tu ne voulais pas de maison et tu te retrouves avec un hôtel sur le dos et un jour de liberté par semaine, comme le cuisinier.

Quand tu montes des marches, tu ne peux pas la cacher, ta jambe. J'ai bien fait de ne pas aller au refuge, de ne pas me montrer. Elle n'est pas du genre à faire des rabais celle-là.

— Le pauvre, avec sa jambe, il ne peut plus grimper dans la montagne.

Aucun des miens ne m'a dit ça, ne serait-ce qu'une fois. Tout est normal, rien à ajouter, tu as de la chance d'être vivant. Qu'est-ce que ça peut leur faire, à eux, si ton travail te manque ? Qui peut savoir ce qui te ronge les sangs ?

En montagne, tu hurles ou tu te tais et personne ne te demande pourquoi. Tu desserres tes chaussures, le sang s'échauffe, tu es en sueur, il n'y a rien entre le ciel et toi. S'il y a de la tempête encore mieux. Elle te fouette le visage et tu luttes, la tête basse, pour monter. Je n'ai pas peur de mourir, mais elle m'a sorti de là. Je ne peux pas me plaindre, je suis vivant, famille, hôtel, frères.

Une fois dans ma chambre, je m'allonge sur le lit, enfin seul.

Stefan prend sa voiture, emmène sa Slave, va jusqu'au téléphérique, monte avec la chenillette. Ils passent une belle soirée, ils boivent, ils parlent avec elle, de moi entre autres.

— Il a eu de la chance, Manfred, si vous n'aviez pas appelé la police...

Des années sans y penser. Avant son arrivée, ma vie était en ordre. Garer les voitures, discuter avec les enfants, rembourser l'emprunt, dormir tôt le soir. Tu ne peux pas le dire, mais c'est la vérité. C'est pour ça que je ne parle pas. A quoi bon te fâcher ? Calme-toi, Manfred, tu n'es pas allé vers elle, tu ne t'es pas laissé attraper. Tu étais plus jeune l'autre fois, tu ne pouvais pas céder.

Elle se moque de moi, elle danse avec Stefan, devient l'amie de Bianca. Elle m'embrasse sur mon lit, je ne peux pas bouger. Je lui serre la main. Reste ! Au contraire je lui dis de s'en aller pour toujours avec l'enfant. Il doit être grand, le temps a passé. Ça suffit, n'y pense plus, du calme. Demain, je vais en montagne.

Stefan a les cheveux gris, Manfred aussi sans doute. Albert a maigri, lui aussi peut-être. La femme de Stefan me parle de Belgrade. Elle ordonne à son mari de lui servir à boire sans le regarder. Stefan sourit, il est content qu'on se parle. A son arrivée il m'embrasse et me présente à sa femme.

— Marina, une danseuse formidable.

J'éclate de rire.

— Je ne lui arrive pas à la cheville.

Elle, en revanche, ça ne la fait pas rire, elle nous lance un coup d'œil soupçonneux. Pour la rassurer je l'interroge sur son pays. Elle se ranime, me parle de la guerre, de son arrivée en Italie. S'il n'y avait pas eu la guerre, Stefan ne l'aurait pas rencontrée et maintenant il aurait sans doute une autre femme.

Les femmes et les maris sont interchangeables.

On n'a pas le droit de le dire, mais j'en suis persuadée. Tu le rencontres, il te plaît, son corps, sa voix, la façon dont il mange, se lave, te touche, les enfants, la maison. Quand vous dormez, tu ne sais pas à qui appartiennent cette jambe, ce bras, mais tu ne te rappelles plus pourquoi tu as choisi précisément cet homme-là.

J'en ai plein le dos de ses histoires de guerre, je voudrais aller me coucher, mais elle continue à raconter.

— Et puis j'ai quitté Belgrade avec ma mère pour venir ici.

Stefan sourit.

— Et elle m'a rencontré.

Elle se retourne vers lui d'un air insolent.

— Hé ! Moi je l'ai rencontré.

Albert se met à rire.

— Tu as pris le plus beau des trois, et le plus fripouille.

Bianca donne une tape affectueuse dans le dos de son beau-frère.

— Ce n'est pas vrai, c'est un mari fantastique.

Stefan sourit, un sourire vieilli par ses cheveux blancs.

— Je la paie pour qu'elle me défende contre ma femme.

Tout le monde rit, sauf la Slave qui reste sérieuse.

— Moi qui suis une étrangère et qui les ai connus en dernier, je peux vous le dire : le meilleur des trois, c'est Manfred.

J'allais me lever, je décide de rester. Les frères et Bianca se moquent d'elle.

— Avec Manfred, tu n'aurais pas tenu une heure.

Mais la femme de Stefan ne se laisse pas intimider.

— Il n'y a pas de quoi rire, c'est la vérité. Il est toujours muet, il a mauvais caractère, mais à l'enterrement de votre père, il a été le seul à parler de lui à l'église.

Je ne résiste pas à l'envie de poser la question, tant pis s'ils s'étonnent de mon intérêt pour lui.

— Qu'est-ce qu'il a dit ?

Albert voudrait laisser tomber, mais Bianca intervient.

— Je n'arrivais pas à y croire, moi non plus, il n'avait prévenu personne. Quand le prêtre a demandé si quelqu'un voulait prendre la parole, il s'est tout de suite levé et s'est dirigé vers l'autel. Il a dit que Gustav avait été un modèle de fidélité à ses engagements, qu'il avait su élever ses enfants sans jamais s'apitoyer sur eux, qu'ils avaient eu de la chance d'avoir un père comme lui.

Les deux frères sont mal à l'aise, ce souvenir est trop intime. La femme de Stefan laisse passer un instant avant d'ajouter.

— Il a dit à la fin, on reconnaît un homme à la force qu'il montre envers ceux qu'il aime. Je ne peux pas oublier ça.

Albert ricane.

— C'est un dur notre Manfred.

Stefan le regarde.

— Il était déjà comme ça quand on était gamins. Si je pleurais, rien. J'avais beau m'égosiller, il ne me regardait même pas. Dès que j'arrêtais, que j'étais content, que j'avais tout oublié, il tirait de sa poche un morceau de chocolat.

Ils parlent de Manfred, de son caractère difficile, de la patience de sa femme après l'accident. Je ne les écoute pas, je le vois parler à l'enterrement de son père, donner du chocolat à son frère quand il cesse de pleurer.

Je me lève.

— Excusez-moi, je vais me coucher. Le voyage, l'altitude, je me sens fatiguée.

Je remercie, j'embrasse Stefan et sa femme. Bianca m'accompagne, me donne la clef et une bouteille d'eau.

— Bonne nuit.

Je me retourne dans mon lit sans arriver à dormir. J'aurais aussi bien fait de rester en bas pour aider Luna. Je dois l'admettre, l'idée qu'elle est là, tout près, me rend fébrile.

Au bout de quinze ans, elle était aussi morte que ma jambe. Si tu ne la ressuscitais pas, Manfred, c'était par peur que ton sang se remette à circuler aussi violemment que ce soir. Il bat dans ta tête, dans tes mains, dans ta poitrine. Mieux vaut qu'elle s'en aille tout de suite. C'est ce que pense une partie de toi, mais l'autre s'en moque et veut la voir. Tu ressembles à ton fils, il te fait pitié, mais tu te laisses prendre au même piège.

Au bout de quinze ans, c'est une autre femme. Peut-être qu'elle a quitté son mari, qu'elle a eu d'autres hommes, elle avait assez de caractère pour ça. Elle ne se rappelle même plus que tu habites ici.

Regarde la réalité en face, Manfred. Voilà trois-cent-soixante-cinq jours multipliés par quinze années que vous ne vous voyez plus. D'abord par dix, puis par cinq.

Cinq-mille-quatre-cent-soixante-quinze jours. C'est bien, Manfred, tu es fort en multiplication, mais ce n'est pas ça qui va te faire dormir.

Je laisse tomber la bretelle de ma chemise de nuit. Je l'ai achetée avant de venir ici, et aussi la petite culotte et le soutien-gorge, pour un montagnard vieillissant qui s'est remis avec sa femme.

Je me touche les lèvres devant le miroir. C'est le genre des femmes de faire des rêves impossibles. Il s'en fiche de toi, il vit sa vie.

Je m'allonge sur le lit. Si je suis venue jusqu'ici, c'est pour le voir. Demain je descends au village, et peu importe comment je le trouve.

3.

Tempête, rafales de neige. Les clients sont enfermés dans l'hôtel comme des rats et moi je suis enfin libre. Je marche, le temps ne me gêne pas. Je ne sens plus mon menton ni mes joues. Je vais jusqu'au départ du téléphérique et je reviens. Ce n'est rien pour quelqu'un qui faisait le tour des cols en une journée et connaissait chaque sommet comme le couloir de sa maison. Maintenant ça me suffit, surtout aujourd'hui, il n'y a pas un chien dehors, on n'entend pas une voix, seulement le bruit sourd de la neige qui tombe des branches, le vent qui siffle autour de moi, les aiguilles gelées qui tapent sur ma veste.

— Tu veux aller en montagne avec ce temps, avec ta jambe ?

— Je vais jusqu'au bas du téléphérique et je reviens. Tu ne crois quand même pas que le temps me fait peur ?

Luna ne me retient pas, elle me connaît, et ce n'est pas dans son caractère d'insister. Ça se passe comme ça entre nous depuis l'accident.

Une nuit. Nous sommes revenus à la maison après deux mois à l'hôpital. Clara et Simon dorment. Elle a rangé ses affaires dans l'armoire, on respire à nouveau une odeur de propreté. Je me lève peu, exercices deux fois par jour, mais je n'ai pas encore fait le tour des pièces. Je fais traîner les choses. Je ne veux pas rencontrer les casseroles à la cuisine, le lave-vaisselle en marche, leurs chaussures dans l'entrée, ses bas et son soutien-gorge dans la baignoire. Elle a décidé de rester, elle ne me l'a pas encore dit. Elle est assise dans le fauteuil auprès du lit, je fais semblant de dormir. Elle veut m'en parler depuis des jours. J'ouvre les yeux : s'il faut le faire, autant choisir moi-même le moment. Je lui demande.

— Tu ne vas pas dormir ?

Elle me regarde, elle est fatiguée, elle a les yeux cernés. Elle est venue tous les jours à l'hôpital, s'est occupée de moi comme une mère, pas comme la mienne. Elle parle bas comme s'il y avait un mort dans la pièce.

— Manfred, les enfants sont contents d'être revenus au village.

Les femmes mettent toujours les enfants en avant. Je lui demande, d'une voix forte et tendue.

— Et toi ?

Elle se met aussitôt à pleurer, j'ai appuyé sur le bouton des larmes. Je la regarde, ça devrait me faire quelque chose, mais rien, je ne sais pas pourquoi.

Pendant nos premières années de mariage, nous combattions dans le même camp, après la naissance de Clara l'un contre l'autre. Et maintenant ?

— Tu crois que ça se passera mieux avec une moitié d'homme, Luna ?

Elle secoue la tête.

— Alors pourquoi tu veux rester ici ?

— Tu te remettras debout, Manfred.

Elle n'a pas répondu à ma question et elle ne l'a jamais fait par la suite. Je n'ai pas insisté, elle non plus. Il suffit qu'on n'aborde jamais le sujet crucial, le motif de son retour.

Elle s'assied sur mon lit, elle m'embrasse. Je la tiens contre moi, une fenêtre ouverte bat dans la cuisine, elle est partie, celle qui m'a sauvé de la mort.

Depuis, la voix des autres, des enfants, des frères, les bruits comme ceux que tu entends maintenant, le vent, la neige, rien ne te touche, rien ne te pénètre, un simple accompagnement. Et tu dois remonter loin dans le temps pour retrouver des sentiments forts, la montagne du Géant, le mal que t'a fait ta mère, la haine et la pitié pour ton père, tes frères, les Sane, tu as l'impression de n'avoir plus rien eu depuis.

Tout ça, c'est la faute de cette femme, elle arrive et te met dans la merde sans que tu saches pourquoi. Dans une demi-heure, j'arrive au départ du téléphérique. Je monte au refuge, je la rencontre, elle me présente son mari et on en a fini.

La cabine du téléphérique se balance dans la blancheur, au milieu des points de neige tourbillonnants. On l'a déjà arrêtée deux fois. Je suis seule avec le garçon qui a refermé les portes. Je lui ai tout de suite demandé.

— Personne ne part ?

— Avec ce temps, il n'y a pas grand monde.

J'ai peur quand on s'arrête, qu'on oscille dans le vide. Je m'accroche à la barre de la paroi, je ferme les yeux. Quelle idée m'a prise de descendre en pleine tempête ? Je veux aller chez lui. Je n'ai pas dormi, sa présence toute proche, ce que j'ai entendu sur lui le soir me tourne dans la tête, se mêle aux fragments de ces dernières années et de ce séjour avec Marco, le seul dont je me rappelle chaque instant. Ils ont collé du bois sur le papier de la chambre, recouvert l'enfant aux lunettes et à la bouche ouverte. La blessure de Marco est elle aussi cachée sous ses cheveux.

Un jour, il a treize ans, il vient de prendre une douche, il a les cheveux coiffés en arrière, le peignoir serré à la taille, le torse blanc et maigre. Ses derniers mois d'enfance. Il entre dans la cuisine, la voix d'un homme effrayé.

— Maman, j'ai une cicatrice sur la tête, regarde, elle est toute blanche.

Je ne me retourne pas, je ne le regarde pas.

— Tu ne t'en étais pas encore aperçu ?

— Non, c'est quoi ?

— Cette fois-là, en montagne, tu es tombé de la table, je t'ai raconté.

— Mais elle est énorme, on m'a mis des points ?

Je me tourne vers lui, il faut le rassurer, je souris.

— Un des nombreux hôpitaux qu'on a visités quand tu étais petit. Tu ne tenais pas en place.

Il la tâte du bout du doigt, il dit.

— Une cicatrice cachée, ça me plaît bien au fond.

Je le serre dans mes bras, je l'embrasse sur la tête.

— Comme les soldats.

Il reprend ses distances.
— Maman...

La cabine effleure le pylône. Je lève les yeux sur le garçon.
— C'est dangereux ?
Il sourit.
— Non, dès que ça se calme un peu, on recommence à descendre.
Ça se calme, le vent, sa fureur, la mienne. Je voulais tout plaquer, il m'a dit.
— Reste là-bas. C'est impossible.
C'est ce que j'ai fait, Manfred, et toi aussi. La femme, les enfants, l'hôtel. Chiens à la chaîne. Un bond en avant et tu te cognes contre ta niche. Tu es attaché, tu ne te rappelais pas ? Existe-t-il autre chose dans la vie ?
La cabine se remet à descendre. On va lentement dans une brume de petits flocons qui s'écrasent contre les vitres. Je vais chez lui, je demande de ses nouvelles, si c'est sa femme que je rencontre, peu importe, je lui dis.
— Je suis en vacances, je passais vous dire bonjour.
Il me suffira d'un rien pour comprendre si mon rêve était inutile, comme la prière du soir que j'inventais petite fille.
— Faites que demain, à l'école, il s'aperçoive que j'existe.
Je le regarde dans les yeux et je sais si je suis restée en lui. On est à mi-chemin, l'autre cabine a percé la brume qui remplit la vallée, elle monte, criblée par les rafales de neige. La petite boîte, identique à la

mienne, monte à grand-peine pour me faire descendre. L'une au sommet, l'autre en bas. Elles ne sont jamais au même endroit sauf à l'instant où elles se croisent. Je pense à lui, je ne dois pas oublier pourquoi je suis ici. Trop facile de se dire.

— La vie, c'est autre chose. Amour, désir, personne n'y croit.

Moi si, toujours, depuis toute petite. Tu es comme ton oncle, disait mon père, celui qui chantait ta chanson. Marina. Fini de suivre les conseils, envoie balader la sagesse des autres, fais-toi mal, découvre par toi-même.

Soudain, je le vois dans l'autre cabine, il me regarde, plaqué contre la vitre, les yeux écarquillés, la bouche grande ouverte comme l'enfant du dessin. Je hurle.

— Manfred !

Le garçon se retourne. Je me fiche de ce qu'il pense, il faut que je sache.

— C'était lui, hein ? Où il va ?
— Il monte voir son frère.

Je me dis : il monte me voir, idiot !

Un instant de silence et il ajoute.

— Trop de vent, après on arrête.

Il montait me voir, et maintenant ? Ils arrêtent le téléphérique, lui en haut, moi en bas. Séparés, une fois de plus.

— Marina !

Imbécile, elle ne peut pas t'entendre.

Elle m'a vu, nous nous sommes regardés, elle a les cheveux courts.

— Qui c'était, tonton ? La femme qui t'a sauvé ?

Je me tourne vers mon neveu. Christian est appuyé de l'autre côté, avec l'anorak rouge de l'école de ski. Il a le visage de Bianca, les yeux clairs d'Albert. Nous sommes seuls avec le garçon du téléphérique.

— Comment tu le sais ?
— Silvia me l'a dit, elle est allée au refuge.

Je me dis. Et maintenant elle redescend, pourquoi ?

— Elle est venue avec sa famille ?
— Je ne crois pas, elle est seule. Elle avait un fils, je me rappelle, elle a passé quelques jours chez nous la fois d'avant.

Elle est seule, sans son mari. Ne t'emballe pas, Manfred, elle n'est pas venue pour toi.

Christian me fixe. Un garçon étrange, l'aîné d'Albert. Tout petit, il ne dit pas un mot, il suit son père. Maintenant, dès qu'il a fini de travailler, il monte au refuge. Il n'a pas de copine, du moins c'est ce que pense son père. Il dit aussi qu'il me ressemble.

— Ton frère n'est pas avec toi ?
— C'est samedi. Il sort avec des amis.
— Et toi ?

Il lance un coup d'œil inquiet vers le garçon du téléphérique, ils ont le même âge. Mais l'autre ne nous a pas entendus, il regarde dehors. Le vent siffle fort. Je lui demande.

— Vous arrêtez ?

Il fait signe que oui.

Elle est en bas, elle ne peut pas remonter. Moi en haut et je ne peux pas redescendre. Toute la route à pied, impossible avec ma jambe. Je pourrais demander à Albert de me ramener avec la chenillette. Pourquoi elle est redescendue ? Où elle va ? Du calme, Manfred, réfléchis.

— Ça t'embête de ne plus conduire, tonton ?

— Non, seulement de ne pas pouvoir marcher comme avant.

— Pourquoi tu ne commandes pas une auto spéciale ?

Les garçons sont de vraies têtes de mule.

— Je déteste les bagnoles.

Elle arrive ici toute seule, va au refuge, redescend quand je décide de monter. Elle pense peut-être revenir, sans savoir que le téléphérique va s'arrêter. Et maintenant, qu'est-ce qu'elle fait ? Elle prend le bus, va au village, y passe la nuit. Nous nous sommes regardés, elle m'a fait un geste de la main. C'était pour te dire bonjour, crétin, qu'est-ce que tu voulais qu'elle fasse ? Elle m'a appelé, je ne pouvais pas entendre sa voix, mais je l'ai vu. Il faut que je redescende la chercher, je ne peux pas m'en empêcher. Ne lui cours pas après, Manfred, souviens-toi de ton père. Gustav ne l'a jamais fait.

La nuit. Deux jours avant sa mort. Nous sommes seuls, c'est mon tour de veiller. Je me suis endormi sur la chaise à son chevet. Je me réveille, il me regarde. La voix forte de mon père n'est plus qu'un souffle.

— Va te coucher, Manfred !

— Je dormais.

— Va au lit.

— Je reste ici, dors, toi.

Il me fixe sans parler. Puis, après un silence.

— Avec ta mère, ça ne s'est pas passé comme tu crois, Manfred.

Je veux me lever, mais il me fait signe de me rasseoir. Je dois lui obéir comme quand j'étais petit. Il est en train de mourir.

— Elle est folle de cet homme, elle me le dit, elle pleure, elle me demande de l'aider, elle ne veut pas vous quitter. Va-t'en, je lui dis, de toute façon, si tu restes, tu ne me verras plus.

Il s'arrête, il n'arrive plus à parler, il a du mal à respirer.

— Courir après une femme, ça jamais.

A peine a-t-il fini de parler que je me dis : salaud, elle t'a appelé à l'aide et tu ne l'as pas retenue.

Et puis la honte me prend et je lui dis.

— Tu as bien fait.

Il se rendort, je le regarde, mon père, l'homme qui m'a privé de ma mère.

Tu ne dois pas descendre la chercher. Elle est seule, elle est libre, elle a quitté son mari, son fils est grand maintenant, elle va un peu partout faire des dégâts. Elle s'est fait couper les cheveux. Pourquoi elle est venue ?

On arrive. Le garçon du téléphérique me regarde.

— On ferme et je descends. Si tu veux je t'emmène dans la Jeep, Manfred, descendre à pied avec ce temps...

Les cylindres s'enfilent sur le chariot de roulement. Courir après une femme, ça jamais.

— Non, je monte au refuge avec Christian.

C'est épuisant de marcher jusqu'au bar. Tu es couverte de neige en quelques secondes, tu as le visage congelé. A l'intérieur, des skieurs, ils boivent et se réchauffent. Personne dehors aujourd'hui à part quelques téméraires. Lui et moi. Je m'assieds. Je sais pourquoi il est monté, je pense à ses yeux effrayés qui me voient à travers la vitre, à ses paroles muettes.

C'est toi, tu es venue, combien d'années, où étais-tu, attends-moi.

Je m'installe à une table. Vous pouvez me regarder, je suis seule, sans skis, je suis venue chercher un homme.

— Vous voulez boire quelque chose ?

Le visage naïf de la jeune fille qui me pose la question. J'étais comme elle. Avec ma robe à fleurs et ma blouse, Marco dans sa poussette. J'étais seule, je vivais les journées sans savoir où elles me portaient.

Je lui demande un cappuccino, elle nettoie la table.

— Le bus part dans combien de temps ?

— Dans une demi-heure.

Combien de temps je vais l'attendre ? Et s'il ne vient pas ? Marco, Silvia, si vous me voyiez !

— Ce n'est pas notre mère, cette femme assise qui attend un homme.

Et Mario ? Il n'a jamais compris que je pouvais m'en aller, que pour moi, rien n'était naturel. On garde toute sa vie l'envie de danser, de fuir, de blesser. Je ne les trahis pas, aucun d'entre eux n'a jamais exigé une promesse de moi, lui, si.

— Ne l'abandonne pas ton enfant.

La jeune fille me sert mon cappuccino.

— Combien de temps il faut pour descendre ?

— Le téléphérique ne marche plus.

— Et si quelqu'un veut descendre ?
— La chenillette ou la Jeep.
— Ça prend longtemps ?
— Avec le temps qu'il fait, une heure.
Je l'attends jusqu'au dernier bus.

Les phares de la chenillette d'Albert s'approchent, disparaissent derrière les virages, réapparaissent agrandis. Nous attendons dans le froid, oncle et neveu, au coin du mur écroulé de la casemate. La voix de mon père.

— On s'est battus dans ces montagnes.

C'est là qu'il nous prend, au retour de l'école. Stefan s'endort dans le bunker, bien qu'il soit troué et qu'il y fasse aussi froid que dehors, mais le vent y est moins mordant. C'est le soir, le téléphérique est arrêté comme maintenant. J'imagine des tirs, des combats, des morts. J'aime bien nous imaginer en guerre, tous les quatre, contre le village, l'école, l'univers des villes où ma mère a disparu. Derrière les meurtrières, à coups de fusil et de grenades, nous repoussons ceux qui veulent monter, les étrangers, les ennemis. Stefan fait le mort, Albert et moi, les sentinelles. Le général descend de la montagne et vient nous sauver. Nous enterrerons Stefan devant le refuge avec tous les honneurs.

Tombé pour sauver de l'invasion la patrie des Sane.

Je rêve d'un ennemi qui ne vient jamais, ils sont bien trop loin l'Américain et elle.

Elle a peut-être des amis qui l'attendent, c'est pour eux qu'elle est redescendue, elle prend le bus et va les retrouver au village.

Christian s'est remis son bonnet, il bat ses gants l'un contre l'autre. Je lui dis.

— Après l'école ton grand-père venait nous prendre ici.

Il me jette un coup d'œil.

— Papa me l'a dit.

On raconte tous les mêmes histoires aux enfants, pour les lier à ces pierres. Clara s'en va, elle fait bien.

— Qu'est-ce que tu vas faire au refuge, un samedi soir ?

J'ai envie de le provoquer. Il hausse les épaules. Ici rien ne l'empêche de me répondre, nous sommes seuls.

— Je me repose. Dix enfants à emmener skier tous les jours, les mères, les pères, je n'en peux plus de les entendre.

— Tu n'as pas une copine ?

Il me regarde, il ne s'attendait pas à une telle question de ma part. Il reste un moment silencieux.

— Elle m'a quitté.

Les pères ne savent rien.

— Une fille du village ?

Il réfléchit. Il se demande s'il a raison de m'en parler, mais il en a trop envie.

— Non, d'ailleurs, elle amenait son fils aux cours.

— Elle était mariée ?

Il fait signe que oui. Je ne trouve pas mes mots. Que lui dire ?

— Elle avait combien d'années de plus que toi ?

Il hausse les épaules.

— Je ne sais pas.

Il baisse la tête, s'appuie au mur, ferme les yeux.

— Et pour vous voir ?

Il est au bord des larmes.

— J'attendais au bar, elle m'appelait quand l'enfant était endormi.

Une dernière gorgée, il payait et courait au rendez-vous. Comme elle lui manque, la femme. Comme elle me manque à moi. Une douleur lointaine au point de se laisser oublier, venue des temps où les Sane faisaient la guerre au reste du monde. Et puis le baiser sur le lit d'hôpital, la salive. Appuyés au bunker de nos enfances, couverts de neige comme des soldats, nous pensons à la chaleur des corps qui s'étreignent après l'attente.

Les phares de la chenillette avancent en fendant la neige. Je me tourne vers l'esplanade du téléphérique, la Jeep n'est pas encore partie.

Les vitres du bar sont couvertes de buée, j'y ouvre avec mon gant un hublot. Les pistes désertes, la montagne dans la brume, le bus, tous phares allumés, prêt à partir, à descendre au village pour remonter une dernière fois. Deux courses pour l'attendre, puis le bar ferme. C'est la serveuse au visage naïf qui me l'a dit. Elle a pris la tasse, mis la monnaie dans la poche de son tablier.

— Vous attendez quelqu'un ?
— Non.

Puis je corrige.

— Si.

Je rougis.

— Il part d'autres bus après celui-ci ?

Elle me lance un regard aussi expéditif que sa réponse.

— Un seul, après pour descendre il n'y a que la Jeep du téléphérique qui nous emmène aussi.

Je regarde les trois hommes installés au comptoir, ils boivent et rient avec l'autre femme. Elle suit mon regard.

— Ils ne s'en vont pas tant qu'on ne les met pas à la porte, tous les samedis c'est pareil.

La dernière course avec trois ivrognes. Manfred n'a pas l'intention de descendre. Pourquoi il descendrait ? Il a dû aller chez son frère.

Je me penche sur le hublot, des skieurs recouverts de neige détachent leurs skis et entrent dans le bus. Je devrais aller avec eux, en une demi-heure je suis au village et je dors à l'hôtel du premier jour. Demain matin je reviens prendre ma valise au refuge. C'était déjà comme ça la dernière fois, en sens inverse. Le petit et moi, nous n'avons rien pour nous changer, nos affaires sont restées dans la maison, au village.

Ces jours-ci, je pense à lui avant de m'endormir. Désir, peur de le rencontrer. Il lève les yeux sur la fenêtre, il me voit avec les cheveux enveloppés dans la serviette. Pendant quinze ans j'oublie les détails, maintenant ils me reviennent, l'un appelle l'autre.

Je descends de la montagne en Jeep avec l'enfant endormi. Lui, il n'est pas avec nous. A la maison je ne vois pas sa voiture arriver. Je me mets à la fenêtre, je refais mentalement son chemin à plusieurs reprises. En avant, en arrière, combien de temps il lui faut, où il est, pourquoi il n'arrive pas. Finalement, j'appelle la police, je n'arrive pas à dormir. Impossible.

Nous sommes sur la même route, Manfred, moi d'un côté, toi de l'autre.

Je ne vois pas de raison pour qu'il descende, sauf une : il sait que je suis ici, il m'a croisée, il m'a vue.

Le bus démarre, passe près de la fenêtre et disparaît aussitôt dans le brouillard. Les trois ivrognes du bar se mettent à chanter. Petite prière du soir.

Manfred, descends, viens, ne me laisse pas avec ces trois-là, ne me laisse pas seule comme durant toutes ces années.

Je lui ai dit.

— Je vais retrouver ma femme, Christian, c'est samedi soir, je veux être avec elle, dis-le à ton père.

Il approuve de la tête.

— Dis bonjour à Simon.

Il a cru que je parlais de Luna, tant mieux. Je voudrais lui dire quelque chose, il a encore les yeux humides, mais je n'ai pas le temps. La chenillette s'approche, je ne peux pas rencontrer Albert, et le garçon du téléphérique se dirige vers la Jeep avec le technicien. Je cours avec ma jambe éclopée et à côté de moi court le petit Manfred, avec ses gros souliers, toujours une pointure de plus, qui frappent la glace, son bonnet qui ne couvre pas les oreilles, la mère souffle dessus pour les réchauffer. Je m'arrête auprès de la Jeep, la main sur la portière. Qui ils sont, où ils vont, ça ne m'intéresse pas, je veux une place dans la voiture.

— Je viens avec vous.

Ils me regardent.

— On doit prendre les autres, au bar.

— Ne vous en faites pas, je descends au bar et je prends le bus.

Sur le siège arrière, j'ai des hallucinations, comme tout à l'heure quand je courais. Je me frotte les mains, j'ai peur de devenir fou. A l'avant, les deux autres posent des questions, bavardent. Je ferme les yeux, comme ça ils me laissent tranquille. Le technicien chuchote à l'autre.

— Pauvre Manfred !

Ils ne le savent pas, je vais chez ma femme, elle est étrange, différente de celles d'ici, elle danse, elle est petite, brune, elle n'a pas de seins, elle ment, se donne des airs, s'est fait couper les cheveux. Il faut que je l'attrape, que je l'arrête, que je la serre jusqu'à lui faire mal. A l'école, elle est avec moi, sur le banc, dans le jardin. Les autres ne l'approchent pas, propriété privée, pas touche, elle est à Manfred. Si je ne la trouve pas, je me tue. J'aurais déjà dû mourir, je suis vivant à cause d'elle, alors si elle est venue et ne veut pas de moi, je la tue et j'en finis moi aussi une fois pour toutes, la vie est d'un ennui infini, comme ces deux-là qui parlent de rien, la neige, l'équipement de la station, l'argent.

Attends-moi, Marina, je ne te laisse pas partir sans t'avoir déshabillée et vue toute nue, dans les toilettes des petites filles, avant que tu remontes ta petite culotte, tes bas, et que tu deviennes rouge de honte. Tu n'attends que ça depuis notre premier jour d'école, quand tu m'as fait un croche-pied pour me faire tomber et que tu as ri avec tes copines. Et moi, j'ai mis des grillons dans ton cartable et tu as éclaté en sanglots et ça a été mon tour de me moquer de toi. Je te trouve même si tu te sauves.

Un choc, la Jeep heurte un obstacle. On retombe en arrière, le moteur s'éteint.

— Qu'est-ce que c'est ?

La peur les rend muets tous les deux. Je descends, mes jambes s'enfoncent dans la neige jusqu'aux genoux, ils me suivent. Un arbre s'est abattu au milieu de la route. Ma mauvaise jambe ne me suit pas, je tombe, je me relève, je la saisis pour la dégager, je fais le tour, je mesure l'espace libre sur la route. En l'espace de quelques secondes, nous sommes blancs de neige. Je crie plus fort que le vent.

— On le déplace de deux mètres et on passe. Où sont les cordes ?

Le technicien ne souffle mot. Le garçon exécute mes ordres. Je leur crie de ne pas faire passer la corde sur le tronc, mais sur les branches.

— On le traîne par les cheveux pour le faire bouger plus facilement.

On tire, on hurle, on jure, il suffit de deux mètres, mais l'arbre bouge à peine et les pieds dérapent sur la glace, s'enfoncent dans la neige fraîche. Si j'avais deux jambes, je les laisserais en plan.

Je descendrais en courant dans le brouillard, homme des neiges, glaçons aux cils, cheveux blancs de vieillard, j'arrive et elle ne me reconnaît pas. Je l'embrasse, je me liquéfie, des taches d'eau par terre, je suis Manfred, tu ne le vois pas ?

En fait je me bats toujours avec les voitures, c'est ma damnation. Je tire maintenant comme si j'étais suspendu dans le vide, à deux mille mètres de la mort, il suffit d'un souffle et tu es fichu. La pierre bloque la corde, elle ne bouge pas si tu ne la secoues pas de ton corps tout entier, muscles, nerfs, tendons, pensées. Une fois, sur une paroi, au maximum de mes efforts, j'ai eu une érection, comme si je voulais baiser la roche. Tire et pense à Marina, à tout ce que tu sais sur elle, il te suffit d'un coup d'œil, en fait tu ne la connais pas du tout. Voilà le beau de l'histoire, tu sais tout et tu ne sais rien de la femme vers qui tu cours.

Maudit bus, il est là et il m'attend. Les ivrognes sont déjà montés, je les entends rire et hurler. Le chauffeur les fait taire et ils recommencent aussitôt, il m'a appelée de la fenêtre.

— Vous ne montez pas ? C'est le dernier voyage de la journée.

— Je sais, mais on a encore quelques minutes.

Le bar a fermé. Les femmes attendent la Jeep qui est en retard. Ils ont téléphoné, un arbre leur barre la route.

— Je pourrais l'attendre avec vous ?

Elles me dévisagent.

— Votre mari n'est pas arrivé ?

Je fais signe que non.

— Vous voulez qu'on le fasse rechercher ?

— Non, merci, il a dû aller au refuge.

Elles échangent un coup d'œil.

— On ne peut pas vous prendre, il y a les deux types du téléphérique et nous sommes chargées.

— Il n'y a pas d'autres Jeeps qui descendent ?

— Avec ce temps !

Je monte les marches du bus, relents de vin. Le sol noirci par la neige fondue, des traces de chaussures dans la boue. Les trois se taisent à mon passage, puis se mettent à siffler dans mon dos. Je passe devant un couple de skieurs frigorifiés, serrés l'un contre l'autre. Je vais au fond, dans les promenades scolaires c'est là qu'on échappe à la surveillance. Je me retourne, la rue vide derrière la vitre. Il ne vient pas, c'est clair. Le dernier bus, la dernière Jeep. Je me laisse tomber sur le siège glacé. En enlevant mon chapeau, je fais tomber de la neige sur mes gants.

Mes sœurs se moquent de moi.

— Tu rêves, Marina, tu perds la tête.

J'écrase des grumeaux de neige sur la laine, petites taches d'eau. Lui aussi, il est comme les autres, qu'est-ce que tu imaginais ? Il n'y a que toi qui saches passer quinze ans à être mère et épouse. Tu as même appris à cuisiner, tu fais marcher la maison, tu travailles sans perdre une minute et tu gardes cet homme planté en toi. Tu le sors quand tu peux, dans ta baignoire, allongée au soleil, entre les lignes d'un livre, quand tu arrêtes de lire et que tu imagines une fin qui n'existe pas.

Le bus démarre, il part. Je devrais appeler la maison.

— Tout va bien, et vous ?

On s'en va, je ne reviendrai plus ici. Je glisse dans le coin, j'appuie ma tête contre la vitre, je ferme les yeux. Pas de lumière dans la vie, seulement des rêves de jeunes filles.

Une promenade scolaire, assise dans le fond. Au premier rang, il y a un garçon qui te plaît, tu fermes les yeux, tu ne le veux pas vraiment, tu aimes mieux penser qu'il est près de toi. Un baiser imaginaire, quelqu'un dans le bus met une chanson d'amour, il peut s'agir de lui ou d'un autre, je ne veux rien construire. Fiancés, maisons, enfants, pas question. Seulement un bond pour te rejoindre, au son de la chanson. J'appuie maintes et maintes fois ma bouche sur la fenêtre embuée, lèvres imprimées sur le brouillard des souffles, je recouvre toute la vitre. Ça c'est tout moi.

Je serre ma veste, je m'étends dans le coin. Rien n'a changé depuis, toujours seule avec tes rêves.

Ils sont insupportables ceux-là, à rire et raconter, au milieu des sacs de plastique, quel héroïsme il leur a fallu pour déplacer cet arbre de la route.

La fille se tourne vers moi, sa cuisse effleure la mienne. Elle est jeune.

— Tu es fort, Manfred.

— C'est que tu ne sais pas comment j'étais avec mes deux jambes.

Elle rit. Les autres lancent des blagues. Je lui plais. Je devrais conclure la journée avec elle, pour éviter que tout finisse mal. Je suis né pour en prendre plein la gueule. Jamais rien ne marche comme tu veux. Tu pèses longtemps les possibilités, le pour, le contre, et en fin de compte tu rates tout, tu n'as rien compris, la vie n'en fait qu'à sa tête. Regarde avec Luna, c'est elle qui a gagné, l'hôtel, le mari boiteux, les enfants. Pour comprendre ta destinée, il te suffit de penser aux origines, à la putain qui s'en va avec l'Américain. Au lieu de ça, tu ne te résignes pas, tu cours, tu te détruis les mains avec les cordes, ta jambe valide est un bloc de glace, l'autre on peut te l'enlever, voilà ta journée de repos. Reste dans ta merde, Manfred, tu y es habitué, impossible d'en sortir.

Les conversations dans la Jeep. La femme la plus âgée décrit les ennuis de santé de son mari, tout le monde se rappelle alors un parent atteint de la même maladie, cousin, père, mère, oncle, beau-frère, ami d'ami, cousin de cousin. Du coup on a l'impression d'être dans une ambulance. On se renseigne sur mon accident, je coupe court. Les gens aiment bien se faire plaindre, qu'est-ce qu'ils y gagnent ? Je m'en fiche qu'ils sachent comment je me porte, je ne vais pas mieux pour autant. J'étais sûr de la trouver là. Une fois l'arbre déplacé, je me jette dans la Jeep, je hurle pendant tout le trajet et les autres n'y comprennent rien.

— Accélère, fonce, le bus s'en va et je le rate, va plus vite !

Ils croient me rassurer.

— S'il est parti, on t'amène jusqu'en bas, on se serre, Manfred, ne t'en fais pas.

Si elle m'a attendu, elle ne me voit pas et elle est bien forcée de prendre le dernier bus. Je hurle, je jure : ils ne savent pas conduire, si j'avais mes deux jambes, je leur ferais voir ce que c'est. On arrive, l'esplanade du téléphérique déserte, le bar fermé, les deux femmes qui nous attendent avec leurs sacs.

— Et le bus ?
— Il est parti.

Je regarde autour de moi comme si elle pouvait surgir du brouillard, de derrière le téléphérique fermé.

Ils chargent les bagages, racontent l'histoire de l'arbre.

Les uns sur les autres, nos haleines mêlées, les relents de bière sortant des sacs et le bus est parti.

Au moins savoir si elle y était, je réfléchis et je me dis, je leur pose la question et puis c'est tout.

— Il y avait une femme qui attendait ?

Elle fait signe que oui. Les mains, les joues me brûlent, le cœur me saute à la gorge. Elle ajoute.

— Elle attendait son mari.

Ce n'est pas elle. Montagnes russes, tu t'envoles et tu t'écrases. Je me serre contre la fille de la Jeep. D'ici peu je suis à la maison, je prends une douche, je descends aider Luna, je répands du gravier sous les voitures pour le verglas de demain. La vie ne fait pas de cadeaux. Mes proches ont raison, remercie le ciel d'être en vie. Même si certaines fois, la vie, la mort, tu ne vois pas bien la différence. Les conversations des autres me bercent, accompagnent mon silence. Les virages nous jettent les uns sur les autres, ils rient.

La jeune à la vieille.

— Si elle était venue aussi, on serait au complet.

— Qui ça ?

— Celle qui attendait son mari, elle ne voulait pas partir. Pourquoi elle ne lui a pas téléphoné ? J'ai trouvé ça bizarre, ils s'étaient peut-être engueulés.

La jeune éclate de rire.

— Ou peut-être qu'il était parti avec une autre.

Je me redresse, je la regarde.

— Comment elle était, cette femme ?

— Brune, petite.

4.

Il fait déjà nuit, je ne vois pas l'intérieur du bus, je reste un peu à l'écart de la portière, je ne veux pas lui faire peur. Je vois descendre trois types du village assez éméchés, un couple de skieurs. Des jeunes gens en tenue du samedi soir montent dans le bus, je les vois traîner ici depuis leur naissance. Elle n'est pas là. Attends, le chauffeur te regarde.

— Tu montes, Manfred, tu vas en ville t'amuser un peu ?

Je ne lui réponds pas, ils savent bien que je ne parle pas.

On l'a doublée avec la Jeep, il n'y a pas d'autres arrêts, elle est forcément à l'intérieur. Je monte, je traîne ma jambe sur les marches, trempé, en sueur, le visage et les cheveux mouillés, les mains en compote. Les garçons me regardent dans le couloir, qu'est-ce qu'il fait là, le père de Simon ? Même si Luna était assise au premier rang, j'irais dans le fond la chercher.

Elle est dans le coin du dernier rang, il fait sombre, je ne vois pas bien son visage, je ne sais pas si elle m'a vu. Je m'approche, j'essaie de ne pas trop boiter, elle n'est peut-être pas au courant. Elle ne peut pas me voir, elle dort, c'est pour ça qu'elle n'est pas descendue. Je m'assois un siège plus loin, si elle se réveille, elle a le temps de réagir. S'il m'arrivait de m'endormir près d'elle et de me réveiller en sursaut, ça me ferait un choc.

Le bus démarre dans un vacarme de vieille ferraille, mais elle dort. A la lueur des réverbères, elle sort de l'obscurité. Avec ses cheveux courts, sa tête a l'air plus petite. Elle a le visage appuyé contre la vitre, je n'en vois que la moitié. Elle respire la bouche ouverte, elle est peut-être enrhumée. Les mains cachées sous ses aisselles, elle a froid. Son chapeau est tombé par terre. Je le ramasse, noir, avec une fleur de laine rouge sur le côté, toujours des choses bizarres celle-là, on n'a jamais vu un chapeau pareil. Je l'approche de mon visage, son odeur me fait tourner la tête. Je le plie, je le pose sur le siège vide, entre elle et moi.

Elle ne peut pas s'en aller, c'est impossible, je suis assis près d'elle, je peux la toucher. Comment elle fait pour dormir avec les cris des gamins, la radio du chauffeur, les coups de frein, les virages ? Elle va forcément se réveiller, en effet elle bouge, elle s'étire, s'installe plus commodément contre la vitre, ouvre les yeux.

Un froid de canard, où suis-je ? Il fait nuit, je suis encore dans le bus, mais combien de temps il met ?

Je me tourne, il y a quelqu'un d'assis. Je ne l'ai pas entendu arriver.

Tiens bien ton portefeuille quand tu voyages, si tu es seule ne t'endors pas. Recommandations paternelles, je n'y pense jamais. Il a des mains de vieux, je ne le regarde pas, autrement qu'est-ce qu'il va penser ?

Des garçons hurlent, quand sont-ils montés ? Avec toute la place qu'il y a, il a fallu que ce type vienne justement s'asseoir à côté de moi. Je pose une main sur mes yeux, et je jette un coup d'œil à travers mes doigts, comme ça il ne s'en apercevra pas. Je me redresse, ce n'est pas possible.

— Manfred.

Il a vieilli, le visage maigre, les yeux clairs empreints de tristesse, ils étaient durs jadis, ne me regardaient jamais. J'ai le souffle coupé.

— Tu es monté quand ?
— A l'instant.

C'est bien lui, il a la même voix. Bien sûr qu'il a la même voix. Je me passe la main dans les cheveux, si seulement j'avais un miroir.

— Je me suis endormie.
— J'ai vu.
— Où va le bus ?
— En ville.
— Je voulais descendre au village.

Il est bouleversé, d'où viens-tu, tu as couru, où étais-tu, comment as-tu fait pour me retrouver ? Je ne dis rien. C'est lui qui parle après un moment de silence, au milieu des cris et des rires qui arrivent de l'avant.

— Ton fils ?
— Il est grand, j'ai aussi une fille.

Elle a aussi une fille, tu ne peux pas l'avoir, Manfred.

— Et les tiens ?
— Clara est partie, Simon vit ici.

Où je l'emmène ? Dans un hôtel, là où Simon va avec sa copine, je lui téléphone. C'est ton fils, idiot.

— Manfred.

Maintenant elle va me dire pourquoi elle est revenue, les femmes se décident en premier. Les garçons arrêtent de crier, la radio hurle à son tour, musique montagnarde, toujours la même, éteins le poste imbécile, c'est moi qui sens mauvais ou c'est le bus ?

Elle prend ma main, elle la serre, tu es un homme, essaie de tenir le coup, ce n'est pas la première fois qu'une femme te touche. Elle la lâche maintenant.

— Pardon, je t'avais vu dans le téléphérique, alors je t'ai attendu.

— Un arbre était tombé, nous étions bloqués.

Je voudrais te dire : nous sommes tous les deux sur la même route, Manfred, les arbres qui tombent ne suffisent pas à nous arrêter. Mais j'ai encore la bouche sèche d'avoir dormi, le visage brûlant.

— Pourquoi tu es revenue ?

Tu me le demandes ? Alors je te refuse cette satisfaction.

— J'ai pris des vacances.

— C'est ce que je me suis dit.

Assez ! On ne peut pas toujours repartir de zéro.

— Je suis revenue parce que je voulais te voir.

— Ah.

Stefan, c'est à lui que je dois demander où l'emmener.

— Si on allait manger quelque chose ensemble, en ville, tu peux, Manfred ?

— Tu as faim ?

Je ris.

— Non, c'était juste pour causer un peu, si ça te va.

— Parler ?

Rien n'a changé. Un mot et nous voilà nus, l'un en face de l'autre.

Il est en sueur, la peau moins tendue, les muscles puissants. Je caresse sa jambe mince qui ne sent plus rien, j'entre dans sa bouche.

Serre-moi fort, Manfred, prends chaque parcelle de mon corps, il t'appartient.

Les petits seins bien fermes, le ventre plat, la toison noire entre ses jambes, les pointes dressées, elle me veut. Mais elle bouge trop bien, elle sait se faire désirer, où elle a appris tout ça ?

Il m'arrête les mains, il les écarte, comme pour lutter. Il me fixe.

— Attends !

— D'accord.

Un corps de jeune fille chez une mère de deux enfants, si elle me touche je ne me contrôle plus. Je connais ce genre de femme, qui sait avec combien d'hommes elle a couché ? Elle te retourne comme elle veut. Garde les commandes, ne perds pas la tête, ne te laisse pas aller !

Il me serre les poignets, il me fait mal. Il me regarde, mon corps l'excite, mais il ne veut pas le toucher, pourquoi ? Je lui demande.

— Tu as peur ?

Il sourit, ses rides se fendent.

— Jamais.

— Pourquoi tu ne te laisses pas caresser ?

Il me tient les mains, mais il ne peut pas m'empêcher de regarder, son pénis est dressé entre ses jambes.

— Tu précipites les choses, tu t'y connais trop bien.

Tout d'un coup je distingue des détails de la chambre, j'ai froid.

— Pourquoi tu dis ça ? Qu'est-ce que tu veux de moi, Manfred ?

— Rien, c'est toi qui es venue. Je ne pensais pas à toi, j'avais ma vie.

Je laisse mes mains retomber, je m'assieds sur le lit, la couette glacée sous mes fesses, mes jambes, je mets mes pieds l'un sur l'autre.

— Moi, au contraire, au long de ces années j'ai pensé à toi.

Ne t'y fie pas, comment savoir si elle ne dit pas ça à tout le monde ? Elle entre avec moi dans l'hôtel sans aucune honte, elle regarde la femme qui nous donne les clefs sans baisser les yeux, elle se déshabille dès qu'on entre dans la chambre, elle m'enlace, prends-moi, regarde-moi. Elle dansait avec Stefan pour se faire voir, elle m'embrasse, elle me caresse et puis elle frappe. Et tu restes en plan comme un idiot, tu es venu, tu n'as pas réussi à la baiser, elle rit et s'en va. Ça ne marche pas avec moi, Marina.

Il s'assied dans le fauteuil en face du lit, avec son petit pénis d'enfant. Qu'est-ce qui nous a abandonnés tout d'un coup ? Nous entrons dans l'hôtel, j'ai honte, mais je ne veux pas le montrer de peur de le décevoir. J'ai envie de lui, je suis déjà mouillée. En bas la femme me dévisage comme si j'étais une putain, tant pis, tu montes l'escalier, il te tient par la main, tu es heureuse. Dans la chambre, tu ne regardes rien, seulement lui, tu te déshabilles, mon corps t'appartient. Ses mains sur mes seins, sur mon cou, la langue dans la bouche, il suffit qu'il te touche des yeux pour que tu ressentes tout ça. Et lui il te repousse, te regarde avec mépris. Haine, incompréhension, rancœur, c'est pour ça qu'il t'a amenée ici ?

Tu en as eu des femmes et tu ignores encore qu'il ne faut jamais leur laisser voir la force de ton désir, qu'il vaut mieux rester indifférent et les regarder baiser ? Comme ça tu mènes le jeu, c'est toi qui décides quand ça commence et quand ça finit. Cette femme t'est montée à la tête, elle est maigre, petite, elle n'a pas de nichons, pas du tout ton genre.

Il faut que je me lève et que je ramasse mes vêtements par terre, maintenant j'ai honte d'être nue devant lui. Je baisse la tête, je tremble, je regarde les plis de mon ventre, mon nombril. Je me sens morte. Sur les murs, des tableaux avec des montagnes, des prés, des vaches, des ruisseaux. Ne pleure pas, ne lui donne pas cette satisfaction. Rhabille-toi, va-t'en. Je lève les yeux sur lui.

— Il fait froid, c'est une chambre triste.

— C'est le seul endroit que Stefan connaissait.

Montagnard boiteux, en sueur, méchant, affichant son indifférence assis dans son fauteuil.

— Il y vient avec ses maîtresses ?

— Sans doute, avant d'être marié.

Les trois frères, ils grandissent, baisent, font des enfants. Les femmes, juste pour ce qu'ils trouvent de bon à prendre.

— Ce sont des maris sérieux, les Sane.

Elle se moque de moi.

— Non, comme tu vois, je suis ici.

Salaud.

— Alors tu viens souvent dans des endroits de ce genre.

— Pas tellement. Moins que toi, je crois.

Pousser si loin sa haine contre moi. Pourquoi ?

— C'est la première fois. Mais peut-être que ta mère, à l'époque, s'est arrêtée dans cet hôtel, avec son Américain.

Et voilà, elle frappe. Ne te lève pas, ne réagis pas, c'est ce qu'elle attend.

— Non, dans une autre ville.

— Tu ne lui pardonnes pas, hein Manfred ? Toujours la même histoire. Quand t'en sortiras-tu ? Ton père est mort maintenant.

— Elle aussi, d'un cancer. L'Américain, lui, est encore vivant.

Je me lève, j'ai trop froid, je veux m'en aller, ne jamais le revoir, le tuer dans mes rêves.

Elle s'en va, laisse-la partir. Ça devait finir comme ça. Elle enfile sa culotte, cherche son soutien-gorge, ses bas, son pantalon, son pull, elle prend sa veste et son chapeau noir à la fleur rouge. Je suis un bloc de glace, comme dans mon lit d'hôpital. Elle se tourne vers moi.

— Je m'en vais, Manfred, je n'aurais pas dû venir.

Elle me tourne le dos, douleur dans la poitrine, du noir devant mes yeux. Je me mets debout, je hurle.

— Ne pars pas !

Je me jette sur elle, je lui arrache sa veste des mains, je lui enlève son pull, j'embrasse ses seins, nos bouches collées l'une contre l'autre, la salive sur mon corps, sur le sien, ma main entre ses jambes. Marina, ma femme, ma chair.

A bout de souffle. Touche-moi, Manfred, avant que ne meure à nouveau, en un instant, cette chose qui me lie à toi pour la vie.

5.

Je le sais maintenant, la vie que nous vivons, que nous choisissons après y avoir bien réfléchi, est dégueulasse. Il y a des choses qui te plaisent, comme étaler avec soin du gravier devant les voitures à six heures du matin, et aucun de ces couillons ne saura que s'il a réussi à faire bouger la sienne, c'est parce que tu as bien fait ton travail, à l'heure où aucune voix humaine ne s'entend et où la maison, le ciel, les cimes et toi baignez dans le même silence. Ou quand tu vois Simon parler au téléphone avec sa copine : il est grand et un peu bête, mais tu lui laisses le temps de devenir comme Albert, le meilleur de nous trois. Ou encore quand Luna et Clara sortent de l'hôtel, bras dessus, bras dessous : tu ne sais pas ce qu'elles vont acheter, ce qu'elles se disent, mais elles sont contentes et tu penses que c'est parce que tu les regardes depuis le comptoir et que tu attends qu'elles reviennent. Tu es au bon endroit dans ces moments-là. Mais tu ne te caches pas pour autant la vérité. Si ta vie avait commencé autrement, tu serais déjà allé la retrouver.

Je range ma pelle, je descends au village prendre mon premier café au bar, ça aussi ça me plaît. Mes semelles crèvent la glace, tous les matins, avant la descente d'où l'on aperçoit la place. Je dépasse l'arrêt de bus, je m'arrête un instant et je la vois dans la chambre d'hôtel, là-bas, en ville. Je me glisse entre ses jambes maigres et je jouis comme ça ne m'est jamais arrivé. Douleur dans la poitrine et chaleur dans les os, le café du bar me semble froid, je suis le seul homme heureux du village, personne ne s'en rend compte.

Je ne sais pas combien de temps j'arriverai à passer tous les matins devant l'arrêt de bus et à me retrouver avec elle dans le lit de la chambre, tableaux de montagnes fleuries, enlacés, nous jouons, nous imaginons les endroits où nous nous rencontrerons, au paradis dont personne ne nous a jamais parlé. Jours du calendrier d'un autre, personne ne savait qu'une femme peut se planter ainsi dans ton corps. Deux années et treize jours qu'elle est partie. Je suis d'un caractère solide, le père nous a habitués aux sacrifices, à la vie dure, mais il ne nous a pas appris à résister à ça. S'il était vivant, j'irais le lui jeter à la figure.

Les larmes de la mère, l'Américain, c'était trop facile, putain, crève, tes enfants je te les enlève, je brûle tes affaires, toute trace de toi. Celle-là, c'est ma femme, Gustav, ni mon épouse, ni la mère de mes enfants, tous les matins j'essaie de ne plus la vouloir, mais je n'y arrive pas. Tu ne nous as pas appris combien il est dur de ne pas avoir la femme qu'on veut. Entre nous nulle obligation, aucun lien, mais son corps couché sur le lit manque à mon propre corps comme ma jambe.

Un jour je suis revenu dans la chambre, je l'ai prise pour quelques heures. Je voulais y penser au chaud.

Comme ça, peut-être que demain je passe devant l'arrêt de bus sans la voir.

Les tableaux, le lit, le fauteuil, je me suis retrouvé par terre, derrière la porte de la salle de bains, elle était là et elle n'y était pas, je me suis mis à pleurer.

J'ai pensé, si on me voit, on me fait interner.

Les jours se suivent. Elle m'a laissé au refuge le chapeau à la fleur de laine rouge, elle l'a donné à Bianca avec un message de trois mots. Je l'ai déchiré. Comme la lettre qu'elle m'a écrite la première fois qu'elle est partie, des paroles qui ne veulent rien dire. Ces trois mots, nous ne nous les sommes jamais dits, ni elle à moi, ni moi à elle. Le chapeau est au refuge, c'est Bianca qui le garde. Elle m'a dit.

— Si elle revient, elle le trouve ici, ou alors tu le lui rapportes.

Marina lui a fait confiance, moi aussi. Dans la cuisine, je lui demande.

— Qu'est-ce qu'elle t'a dit ?

Le matin après la tempête, elle est assise là où tu es maintenant, toute pâle, j'ai de la peine pour elle, je lui ai fait du café, qu'est-ce qui s'est passé, où as-tu dormi ? Elle me dit.

— Manfred nous a sauvés mon fils et moi, personne ne le sait.

— C'est toi qui l'as sorti de la crevasse.

— Il y a quinze ans je serais bien restée ici, c'est lui qui a refusé. J'aurais demandé à mon mari de ne pas venir. Hier nous sommes allés dans une chambre en ville.

Elle serre sa tasse de café, ses lèvres tremblent, elle a descendu sa valise.

— Je pars aujourd'hui, Bianca. Si Manfred me veut, c'est à lui, cette fois, de venir me chercher.

J'entre dans le bar, le propriétaire ne me salue pas, il reste muet. Il pose la tasse devant moi. Moi au contraire, ces derniers temps, j'ai à nouveau envie de parler aux gens, de les faire enrager.

— Je croyais que tu t'étais calmé avec l'âge, Manfred.

Luna se fait des illusions. Quel plaisir y a-t-il à rester tranquille ? Je le provoque.

— C'est de la flotte ton café.

Il me lance un coup d'œil.

— Alors pourquoi tu viens tous les matins ?

— Il n'y a pas d'autre bar.

Il astique son percolateur, le comptoir, le sucrier. Ici, on nettoie tout comme des possédés, savon, désinfectants, et rien n'a plus de goût.

— Ça ne te plairait pas de savoir faire un bon café ?

— Non.

Je tourne la cuillère, j'espère que le sucre du fond lui donnera le goût de quelque chose. Je lui dis.

— De la saleté partout, des odeurs de friture et un bon café bien chaud, tu imagines comme tu serais bien ailleurs.

Il s'acharne rageusement sur le bec de la machine.

— Ce n'est pas de la merde qui sort d'ici, tu sais, rien que de la vapeur.

Il se retourne, le visage tout rouge, les yeux

méchants, presque beau, on devrait le prendre en photo et donner le cliché à sa femme.

— Et toi, Manfred, tu ne penses jamais à t'en aller et à nous foutre la paix ?

Je serre son corsage, je remonte ses bas sur ses jambes maigres, j'enroule ses cheveux, je les fixe avec des épingles, la résille me tombe des mains, elle a les cheveux trop longs, hâte, anxiété.

— Maman, dépêche-toi !

— On a le temps, ils ne vous ont pas encore appelées.

Autour de nous des mères et leurs filles adolescentes, les cheveux ne doivent pas se défaire dans les sauts. J'épie les mains des autres, aussi embarrassées que les miennes.

— Vous me prêtez la laque ?

On prépare leur corps, leur caractère, leurs muscles, leur force, souples, légères. Elles dansent encore sans hommes, elles s'entraînent. A côté de moi, une mère dit à sa fille.

— Ne réfléchis pas, fais comme si c'était une leçon. Ne regarde pas le public.

Je tourne Silvia vers moi, je colle les mèches rebelles. Le front dégagé, elle me fixe de ses yeux noirs, elle a peur. Je me penche, je chuchote mon secret à son oreille, il ne faut pas que les autres entendent.

— Danse seulement pour lui.

Elle éclate de rire, nous nous sommes comprises, elle saute le rejoindre, elle ne pense à rien d'autre. Le garçon assis au troisième rang ne s'en rendra pas compte. Aucune importance.

Nous nous embrassons, elle s'en va, entraînée par les autres. Les mères sortent, se bousculent pour rejoindre leur place. Je m'assieds sur le banc, vêtements de filles, bas, chaussures, sacs, préparatifs, toute une attente qui se consume en un instant unique qu'on n'oublie jamais plus.

Je marche dans le couloir du théâtre, je le sens près de moi, ça arrive à l'improviste, de moins en moins souvent, il peut s'écouler une semaine, et même un mois une fois, je marche et je vais à lui, pas au bureau ou à la maison, mais à la gare pour prendre le train, je t'apporte ma nuit, ma glace, tu peux les voir, tu es le seul à qui je n'aie jamais menti.

Le froid de la chambre d'hôtel, ensemble toute une nuit, unique foyer de chaleur, nos corps enlacés. Ce que je fais, même ici, c'est pour toi, peu importe si tu ne le sais pas, si tu as tout oublié, si tu ne viendras jamais, si ce n'était qu'une chimère.

Dans l'obscurité de la salle, je vais à ma place auprès de Mario, tant que j'en suis capable. Mais je ne bouge plus, au risque de mourir sans te revoir, Manfred, c'est toi qui dois venir à moi.

Les filles entrent sur la scène, se mettent en place, frémissantes, les bras grands ouverts, la mienne au milieu des autres, à attendre la musique.

Comme elles je suis immobile, les bras ouverts, depuis deux années et treize jours, est-il possible que tu ne le sentes pas ?

Je sors du bar, je ne lui ai pas répondu.

Barman de merde, si tu savais combien de fois j'y ai pensé, à m'en aller et à vous foutre la paix.

Je passe devant le cimetière où mon père est enterré. La rage ne fond pas comme la neige sur les tombes. Je ne sépare pas le père et la mère dans mes pensées, maintenant qu'ils sont tous les deux sous la terre, l'un ici, l'autre en Amérique. Je les imagine devant le refuge, échangeant des coups de corne comme des bouquetins, les idiots, mieux vaut faire ça quand on est en vie.

Moi non plus je ne me vois pas rester ici jusqu'à ce qu'on me mette à côté de lui, mais si je vais la chercher, qui sait comment je la trouve ?

Du même auteur :

LES PAGES ARRACHÉES, Verdier, 1994.
PASSION DE FAMILLE, Verdier, 1997.
SŒURS, Verdier, 1999.
MATRIOCHKA, Verdier, 2002.
LA BÊTE DANS LE CŒUR, Denoël, 2007.

Le Livre de Poche s'engage pour l'environnement en réduisant l'empreinte carbone de ses livres. Celle de cet exemplaire est de : 250 g éq. CO_2
Rendez-vous sur www.livredepoche-durable.fr

Composition réalisée par PCA

Achevé d'imprimer en mai 2012 en France par
CPI BRODARD ET TAUPIN
La Flèche (Sarthe)
N° d'impression : 69147
Dépôt légal 1re publication : mai 2012
Édition 2 – mai 2012
LIBRAIRIE GÉNÉRALE FRANÇAISE
31, rue de Fleurus – 75278 Paris Cedex 06

31/6230/2